# 光 的 院 子

成長記憶中眷村的
華麗與轉身

黎明珍——著

# 所有未來的故事，都隱藏在過去裡

李清志／都市偵探、建築學者

左營原本存在著大片的海軍眷村宿舍，但是這幾年隨著眷村改建，老眷村幾乎消失無蹤，整個左營地區，只剩下建業新村及周邊老眷舍被保留下來，這一區的眷舍原本是高階將官的宿舍，基本上都是獨門獨院的建築，整體眷村空間也十分優雅宜人。

年輕時也曾經在左營生活過，因為服兵役的單位正是在左營軍區裡的公共工程處，負責眷村的維修整建等等工作。在二十二個月的漫長時間裡，我常常騎著腳踏車，頂著南台灣的烈日，遊晃在眷村巷道之間。整個左營眷區，我特別喜歡建業新村這一帶的生活環境，因為這裡有綠意蔥天的雨豆樹，以及綠草如茵的海軍大操場，讓人心靈感覺無比的寧靜。

想不到多年之後，我的學長王子亦以及黎明珍夫婦，竟然回到這個地方，重新整修了一棟老眷舍，並且給它取名叫「光的院子」。這棟老眷舍原本就是黎明珍從小成長的地方，她父親是海軍軍官而這裡儲存了她成長的記憶，同時也儲存了她父母愛情的記憶；其實建築是歷史記憶的載體，公共建築儲存了眾人的集體記憶，私人住宅則儲存了家族的個體記憶，修復老房子等於是重建了整個家族的歷史。

修整老房子並不是一件容易的事，還好我的學長王子亦是室內設計師，對他而言，整修房子並不是太困難的任務，在拆除整修的過程中，黎家的家族歷史記憶，也逐漸被拆解並重建。整修這棟老舊眷舍對他們夫妻而言，是一項艱鉅的考驗，不只是考驗修復的技術，其實也考驗著這對夫妻的愛情，因為修復老舊眷舍需要自己負擔高額的修繕費用，而且房舍只能使用五年的時間，扣除修繕所花費的時間，真正能使用的時間只剩下短短幾年時光，在經濟考量下是否值得？也成為兩人爭執甚至爆發口角的重點。

　　修復老房子原本是件好事，但若是因為一棟老房子而危及兩人婚姻感情，就得不償失了！還好這對夫妻在最艱困的時間，並沒有放棄這項任務，他們秉持著強烈的愛意，包括黎明珍對家族歷史記憶的愛，也包括王子亦對黎明珍的愛，堅持著完成老房子的修復工作。

　　在那段整修的工程期間，王子亦每個週末都辛勤地開車南下，在南部燠熱的工地裡監工，但是也因為他的付出，最後他竟然開始愛上這棟老房子，隨著「光的院子」的完工使用，這個地方成為他這幾年週末逃離台北惡劣天氣及喧囂混亂的避難所。王子亦說他從小在城市裡長大，住的是公寓大樓，從未住過有花園的平房，「光的院子」帶給他前所未有的人生經驗，他也因此開

始探索南部的種種的未知，體驗未曾經驗過的南部生活，然後開始創造屬於他們自己的南部生活記憶。

建業新村的整修保留，保存了一部分的左營記憶，這部分的記憶包含了黎家父母的愛情與記憶，包含了黎明珍的童年記憶，也包含了我的軍旅記憶，如今他們又創造出了屬於王子亦及黎明珍自己的記憶，好像當年黎家父母來台所創造的家族歷史記憶一般。

「光的院子」完工啟用後，我一直催促黎明珍要把這些故事，用文字書寫記錄下來，如果能在六十大壽前出版，就更具有意義了！黎明珍果然是個行動派的效率人士，花了不到半年的時間，就把這本書寫完，也讓這段美麗的歷史記憶，得以繼續流傳。

身為王子亦與黎明珍的好友，我見證了「光的院子」的歷史與重生，驚訝於這座建築裡發生的種種故事，我深深感覺，「所有你想聽的，過去的故事，都隱藏在未來之中。或者說，所有未來的故事，都隱藏在過去裡。」[1]

李清志.

---

1　出自於金馬獎最佳導演蕭雅全電影《范保德》中的旁白。

# 一世紀的日與月，它是光的院子

詹偉雄／文化評論人

「光的院子」座落在高雄市左營區，座標北緯22.6943957、東經120.2887441，從Google Map的空照圖往下看，紅色水滴標誌落在一盤方塊板豆腐的右下角，它的左邊是軍港要塞，依循慣例，地圖上沒有標示任何文字，右邊是一塊有棒球場與運動場的大街廓，標示著國家運動訓練中心和左營高中，劃分開這兩個地盤的，是一條緊沿著東經120度，一條名叫「軍校路」的垂直大道。有趣的是板豆腐的橫巷有著行伍式的名字：由緯一路往南排到緯十二路，透過細瑣的北緯與一絲不苟的東經，說明了它們和軍校路的臣屬關係。

從天空的視角觀察，這三塊街廓的井然秩序，彰顯出它們幽祕的軍事身世，主角是臨海的軍港，碼頭區和補給輜重與指揮所，它在地圖上的「無以名之」正標誌著空間上的老大地位，板豆腐所涵納的民居聚落，是服務於軍港的軍人與家屬們的眷舍，而軍校路以東，早先是為了隔絕城市庶民世界和國防要塞的緩衝區，隨著戰爭氣息的消逝，體育設施一個個像巨大的花瓣綻放了出來。

這不是我第一次由空中看左營，前一次看是為了準備某個談

論國土規劃的演講，在美國德州大學奧斯汀分校的雲端資料庫裡，看到這片傾斜在一張黑白照片裡的左營港區，那是1945年美國B29轟炸機投彈後，由尾艙機砲手所拍下的紀錄照片。我後來陸續知道，這些B29是從當時的中國江西起飛，來轟炸仍是日本殖民地的台灣，當然，B29最具關鍵性的投彈是落在廣島和長崎的那兩枚，終止了二次世界大戰。

因為朋友王子亦和黎明珍這一對風趣好客的夫妻檔，我兩度造訪「光的院子」，從地面的生活世界而不僅僅是空中探照的抽象歷史聯想，來理解這一個穿越時光而來，由實實在在的生命起落所織錦出的詩意空間。

雖說為了軍事管理的效率和內在的紀律需求，由緯一路到十二路的眷舍工整如板豆腐塊，但人的生活還是得要在剛性秩序內獲得喘息和透氣，因此豆腐格裡的家戶都是低密度平房，院子和門前都種了樹，我們在方格巷弄中穿梭，翁翁鬱鬱，彷彿可以聽到昨日家家戶戶各自飄動來的聲響。黎明珍的父親是海軍軍官，她和一個哥哥與三位姐妹從小在這裡長大，可想而知，豆腐格裡的鄰里故事和時間軸上的成長記憶，滿滿地充填在她的胸臆。與所有台灣戰後第二代一樣，她和我們都經歷了成年離開家園進入大城市的變遷歷程，稍有不同的是，她比我們投注了更大的努力，在高雄都市計畫保留老眷舍的以住代護計畫裡，爭取到「光的院子」的經營權利，讓她的家人能隨時回到當年成長的家

園，保留住家族的記憶而不至於隨風消逝。

　　黎明珍的老公王子亦是事業有成的室內設計師，他修復破損的屋舍，把它改造成一個可以舒服躺臥看天空的院落，幾乎每個禮拜都從台北南下照顧這個空間，為的是不要切斷那逝去的過往，夫婦倆的朋友從台灣四面八方來到高雄，也都會駐足於此，看一看草原的大樹、嚐一下果貿市場的眷村小吃，我到此總不時會看看頭上的雲朵，想像著某一個上帝的視角下，人們與世事來來去去，人總得費盡心力，才能對抗遺忘，而這也是人之所以為人的義理所在。

　　在每一個理性的都市計畫設想中，其實是對記憶和情感的調度和切割，我衷心地希望好朋友夫婦倆的「光的院子」和它所在的豆腐格，都能繼續地蓊蓊鬱鬱，保守住左營天空下這一百年極其稀罕的一片地景，時間如河，很難留住記憶，但空間可以！

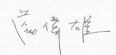

# 至深的感動

趙怡／中華眷村文化發展總會總會長

1949年前後，一百多萬大陸軍民追隨國民政府渡海而來，造成史無前例的多元文化融合，對此後台灣軍政、經貿、文教、社會結構和住民生活樣貌，帶來巨大改變。其中人數最多的國軍及眷屬，被安置在營區附近落戶，是為「眷村」總計有八百多座。

一甲子的滄海桑田，兩岸由熱戰、冷戰而停戰，國共從不共戴天、笑泯恩仇到和平發展，得利的是兩岸中國人。尤其在台灣，經濟起飛帶動資源與財富重分配，足以讓耕農變地主、布衣為卿相、貧民成富賈，被人們遺忘的卻是昔日碉堡裡、甲板上、座機中枕戈待旦、浴血奮戰的三軍將士，還有那串竹籬笆裡的烽火歲月。

1990年代，「國軍老舊眷村改建」工程啟動，水泥叢林取代了大雜院，眷村文化逐漸走入歷史。當第一代的「反攻夢」被時代浪潮淹沒，第二代人口則隨波融入現實，其中出了不少菁英，在競爭激烈的台灣社會裡出類拔萃，頭角崢嶸，算是替消失中的眷村印象留住幾筆鮮明的色彩。

左營眷村才女黎明珍，重拾兒少時期的回憶，編織出一個

「光的院子」，並在她悉心裝點下成為倖獲保留的建業新村一大亮點，而圍在院牆內的，全是她對長輩家人、鄉里故土、童年玩趣和文化傳統的摯愛。即將問世的《光的院子：成長記憶中眷村的華麗與轉身》，記錄了她封存六十年的真情告白。

說起黎明珍，在藝文界可是大大有名的人物：亮麗、熱誠、活潑、爽朗，所到之處總能捎來笑語不斷，讓滿室生春。不過，圈子裡的朋友譽之為「公關女王」，雖不失傳神，卻忽略了她內涵雋永與性情細緻的一面，好比她多情善感、才思敏捷，對事物的觀察入微，且文字的功夫了得，非常人所及。

我與明珍緣分不淺，不但同為革命軍人的後代、政治大學的校友，也是傳播媒體的同業，因此年齡的差距從未形成基本價值觀上的代溝，反而構建起一座相互交流學習的橋梁。我們的孩提時代都曾在左營度過，對我而言，那是一段艱澀的戰時生活，在明珍的記憶中，卻似流溢著無比的歡樂與溫馨，但彼此對昔日眷村生活的緬懷與依戀並無二致，近幾年來還不約而同地投入國軍眷村文化發展與傳承的志業。

本書作者以靈動輕快的筆觸走入記憶的深處，讓塵封的往事在行雲流水的敘述中一一鮮活起來，讓有著相同背景的讀者依稀走進時光隧道，回到從前。明珍的寫作風格令我驚艷不已，她的

字裡行間有若一串串跳動的音符，又如一場節奏明快的微電影或
短影片，從頭到尾讀來清澈甜潤，沁入脾胃，止於其不可不止。

　　作者自承寫書的目的，是企圖「循光線的線索，追尋到父母
之間的愛意，也揪出對國家的熾熱情感」，而對於一名「國共內
戰沒在記憶中，也未經歷過眷村窮苦時期」的壯世代而言，本書
留下的是心靈至深的感動。處在今天的社會，多得是令人震動，
甚至聳動的人事物，我們更該珍惜這份難得的感動。

　　　　　　　　　　　　　　　　　　　趙怡

# 家的事，就是美好的事

蘇一仲／和泰興業董事長

時光飛逝，不知不覺已經認識明珍超過二十年，因為她的英文名是Sophia蘇菲亞，所以常常開玩笑說她也姓蘇！台語發音很像「蘇慧啊」。

我們都愛美好生活，好酒好菜好所在，而同聚在美生會社團裡，她常常擔當主持及安排優質的演講者，我倆一同學習成長，也算是忘年之交。

平常知道她熱愛旅行、閱讀、寫作，這次她起心動念要出版記錄她與老公共同整修南部眷村老家的書籍，特別以行動支持，提筆為之推薦。

「光的院子」在寶島的南部，左營是高鐵終站，花一百塊計程車資就可以到達這個充滿故事的院子，日治時代留下來的道路規劃，整齊排列的雙併建築，是幾代人的回憶，在這裡有光線照耀下的人物念想，同時也是一個時代的共同追憶。

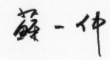

# 左營海軍眷村，記憶中的華麗與轉身

　　要寫一個老房子的「前世今生」並不是像《大江大海》或《巨流河》一般記錄著大時代的故事，出版《光的院子》的故事起心動念，是為了記錄父母的愛情故事，從廣東到山東，從大陸到台灣，也爬梳著落腳於這棟曾是日式建築中的日常、與其某一隅發生的故事，也從院子走出到村子看見人情味，看見那一個時代的歲月與仍可觸摸的記憶。

　　「真的要把來龍去脈寫下！」來院子的朋友中十之八九說了一樣的話，連番勸進也吹動了心中的湖面，掀起一陣陣的漣漪，讓人從波紋中看見一段段的故事，院子的前世今生很樸實，多是生活場景、我的家人、朋友、髮小，相較起以上提到的兩本大作，它更像是記事散文與思念傳遞。

　　此外，很多人認為年輕人不易貼近歷史，或主觀歸類他們的意識形態，然而，曾來參觀的朋友（尤其男生，是怕當兵？）很愛搬凳子聽我講故事，只要提到抗日戰爭、國共內戰都是津津有味。或許上世紀的畫面特別能從烏俄情勢及以哈戰爭中找到既視感，也或許不想被風向左右，他們本著世代的直率與理智，想一探誰也搞不清又各說各話的時空，期望更懂得這塊土地，珍惜與

理解每一段過往。

　　為了讓光的歲月留下跫音，也不受時空限制，嘗試了現場介紹、經營YT與IG，但這似乎都不比寫本書來得有脈絡，嘗試在這些年的出版品中找到描寫「老房子」的書籍，除了《宮前町九十番地》很有系統的描寫主人在戰前戰後的興建與居住關係，大部分的書籍都是以人物描寫為主，對於一直僅限於文學愛好者的我來說，要出版一本關於建築物的書的確是一大考驗！選擇用「光」來串連整個脈絡，讓讀者在光線的牽引下走入我的記憶。

　　書名用「華麗」是因為從我還是孩子的眼光來看，搬進了建業新村就是「豪宅」！重點也是告訴大家，原來眷村有兩種（一種是你迫不及待地要搬、一種是你打死都想留下來）。記憶中兒時的空間寬敞明亮，又有好大好大的前後院，再加上房子的牆面有重新油漆，確實讓小朋友們都很開心。

　　感謝所有家人與朋友的支持，與我們的好友李清志的鼓勵，更感恩外子王子亦與外甥黃強拍攝累積了許多院子有溫度的相片，除了文字的敘述以外，讀者也可以看到訴說故事的攝影作品。

　　首先藉此自序感謝合泰興業蘇一仲董事長與凱恩塗料胡靜怡女士玉成光的院子空調與塗料部分；出版本書則要特別感激時報

文化出版公司趙政岷董事長鼎力成全；謝謝Isis介紹Google Keep
可以讓我走到哪寫到哪；感謝好友Jaaziah將段落彙整成文。眾志
成城、水到渠成，豈有再託付寫手之理，提筆之責總該親自為
之，把語言思緒化為文字，也當成敬自己花甲之年的禮物。

循著微曦晨光

請跟我到南國

跟著回憶走吧

讓思緒隨著緯十一路的鳳凰花

指引回家

茉莉與玉蘭都是清香

老相片配著茶色

舉棋黑白之間

留聲機裡的鑼鼓點

調色盤生命的彩筆

還有那青春的練琴聲

這裡是——光的院子

黎明珍

楔子

是歷史書嗎？追本溯源才會發現源於愛情，記錄的也是愛情，它並非說著大時代下情感的波瀾壯闊，而是於真情流露中瞥見了時代，也看見那些存在其間的人事物。父母親的相識相愛、相知相惜、走進家庭，在1947年起的六十二封信中展開，就像光線一樣地前進，企圖在線條中找尋線索，蛛絲馬跡卻都是他們無盡的愛意，也揪出了那份對國家的熾熱情感，是一言難盡，卻感動莫名。

要訴說光的院子的故事，得先時空倒回，看看母親的家族是什麼樣子的宅院？因為環境太好，才會在關鍵時刻一定要把握機會維持居住品質——先按下不表。她的家族在山東諸城富甲一方，外祖父（老爺）的外號是丁半城，也就是半個城跑馬一整天都是他們祖傳的地兒！大宅院的老家是四進（第一進給馬伕傳令，以及私塾的先生住宿與教學的學屋；第二進是廚師備餐開飯的地方，以及家管們的住處；第三進是公子們的住所與私人書房；第四進是當家作主的老爺夫人），這樣規格的深宅大院卻在日本人進城以後倉促的款款細軟逃難到青島，當然如同母親常說的名言：「破船還有幾斤爛鐵」。在前德國的租界處他們又開始還不錯的生活，老爺生前說過：「當時搬進仍由德國人訓練的物業所管理的一戰德租界公寓，會有專人戴著白手套來換電燈罩，要求住戶的整潔」，居所地址是在無棣二路，我在這間本來的公寓拆遷的前一年去實地看過，那時已經是1995年了！

媽媽從小喜歡看浪漫小說，不聽媒妁之言，從十七歲開始就坐在廳上趕媒婆出門！遠近馳名的丁家小姐一心只想要去補習英文，她想去看世界。也因為家裡的疼愛，幾乎凡事有求必應（媽媽說他十二歲的時候想要養蠶寶寶，而且是養非常多蠶，想看吐絲，也許可以學取絲織布……老爺就在園子裡蓋蠶屋），才有了認識父親的因緣，也是因為有了這段浪漫的愛情，才得以尋求保全她整個家族避難渡海來台的機運；而我是「外省人」中少數從小就有這麼多「娘家親戚」的孩子（通常本省小孩家裡面才會有這麼多長輩）。

　　父親是浪漫的雙魚座，會拉小提琴、拉胡琴、吹口琴，還寫了一手仿宋體，他用情書追到母親；小時候只是聽大人講，怎麼也感受不到他們羅曼蒂克的故事；後來親眼得見、親手拆開他們

魚雁往返的情書，真真實實的封封「志摩體」：爸爸稱呼媽媽「我親愛的芬」、媽媽叫爸爸「我摯愛的光」，看得我瞠目結舌，竟是如此這般的熾熱！

熊熊想起來小時候聽媽媽說過，爸爸會編故事哄她，因為兩人都屬雞，是同年同月農曆相差八天，爸爸說他們上一輩子同年同月同日一起約好共同投胎，結果媽媽糊塗，沒有聽清楚又比較不認路，說好一起去廣東，結果投胎到山東！害得我爸爸要搭船北上才能夠尋得佳人歸（多花了八天從廣東開船到山東），有沒有浪漫破表？牡羊座的媽媽就是一位堅強的女性（才八天就跳了一個星座），年輕時的浪漫追到以後，大陸失守，懷孕到了台灣，孩子一個個落地之後就分明是個「胳膊上可以跑馬、拳頭上可以站人」的女漢子（這也是她的語錄），頂起我們全家一片天！

民國38年，那時大陸情勢變色赤禍橫流，他們本是一對愛情鳥，談著戀愛，剛結婚準備築愛巢，就在緊急萬分的情形下，爸爸的軍艦載滿母親一大家子來到台灣，沒有心理準備之下，卻開始了半世人的眷村生活。當翻開世界的歷史名詞才發現，原來「眷村」是個專有名詞：Military dependents' villages，是一個僅限於台灣的專有名詞。

　　台灣自1949年起至1960年代，中華民國政府機關及民間組織為國軍、警察、教職員、公務員及其眷屬興建或者配置宿舍所組成的村落，分布於台灣各處，大小各式聚落皆有，主要分布在各區域的中心城市及軍事設施附近，其中以台北市境內數量最多、分布最密；眷戶數則以高雄市（含原高雄縣市）居冠其中！鳳山是陸軍眷村、岡山是空軍眷村、左營則是最大的海軍眷村。

　　據統計，1945年至1950年，中國大陸各地近200萬軍民遷入台灣（不同的文獻提供不一樣的數字，可信度是在100萬到200萬之間），政府為了解決這龐大的眷屬需要居住的空間，開始興建或安排至日本各單位遺留之宿舍，並將這大批的「新住民」以軍種、職業、特性等，分別群聚於一定範圍，即為現在所知的「眷村」。興建的眷舍因為取材不易，沒有日治時期的規劃與建材講究，所以許多眷舍狹小簡陋，也就是為何之後會衍生《國軍老舊眷村改建條例》，用配房或補償金解決老舊狹小的眷村問題。然而，分到好眷村，就會看到其規劃井然有序、整潔寬廣，住戶紛

紛不願意離去！四十年家國，不同的故事上演中……

就法律言，「軍眷住宅」是眷村主管機構國防部唯一認可的眷村類型，其中並不含其他公教人員及自行違建的眷村。

「光的院子」的前身係屬政府提供土地由眷戶自費興建者（這裡的政府是指國防部），因為住者有其屋之憲法保障，我們與建業新村分區其他住戶和國防部打了近二十年的官司，最後敗訴定讞（目前得知與國防部打官司的勝訴官司微乎其微，除了2009年「自強新村」是昔日「日本海軍士官宿舍」，專供開闢軍港台籍工程師居住，居民聯合向監察院陳情得以保留，是少有的案例），當然為了保護這片日式官舍的景觀，高雄市政府文化局啟用「以住代護」專案，讓我有機會可以為了重新整建老家出錢出力，企劃案中圖文並茂，示意圖規劃修整建材、我的老家故事，以及我要邀請參觀的各界友人等等，遠遠超過規格標中的自住要求；在內外部評審委員的評選中不意外的脫穎而出，取得第三期「以住代護」的資格！

朋友們可以親身蒞臨感受這個大時代的故事（第三期本戶是自住型「非營業型」，所以修建的格局以住代護即可），我們動用的人力、物力、財力完全是洪荒之力，取得了五年的使用權，卻又遭遇三年的疫情肆虐，儘管如此，我們仍盡量利用非隔離的時段，邀請產官學研、藝文、傳媒……等各界友人來體驗，這應該是除了民宿業者以外，邀請最多親朋好友來訪的住戶，同時

我還上節目、開社群媒體、錄Podcast，宣傳眷村文化與「光的院子」的故事。

真正重建好光的院子已經是2020年10月10日雙十節，國恩家慶，我請了大提琴家范宗沛來帶領參觀民眾唱國旗歌，報紙電視媒體都來報導，我想自從2010年高雄市政府將左營海軍眷村登錄為文化景觀以來，光的院子是第三期自住型的翹楚無誤。

我們不再看到磚牆上常有藍、白、紅的國旗色彩與反共精神標語，但是喜歡成長滋味中的愛國精神！海軍大操場上面仍然懸

在忙完了「明星養老院」舞台劇之後，偉忠哥來光的院子輕鬆一下。

陳雅琳主播一姐特別從台南安平開車來拜訪光的院子，快閃建業新村，與許多來拜年的朋友們一同享受了和煦的陽光。

掛著超大面國旗，現在成為網美打卡景點，而每到光輝的10月，我也是數十年如一日的捐獻旗款，讓村子裡裡外外可以飄揚著青天白日滿地紅，這是一種情懷、另一種鄉愁的思念。

村子的界定，是由眷村孩子們決定！怎麼說呢？簡單來說，我們是「國語人」，過了軍校路的圍牆說的就是台語了！特殊的生活空間與居民組成，半封閉體系的眷村發展出台灣社會中相當獨有的人文現象，從穿著與食物形塑出台灣獨特的眷村文化。一直到九〇年代眷村與村外的互動日益頻繁，台灣本土文化也隨著大眾媒體進入眷村，同時眷村外省文化也對外流傳。

父執輩的軍人們，自小到大就共同擁有著「愛國、反共」意識，凝聚出特殊情感認同，過去在政治傾向上多是藍軍的現象，也隨著民主化的腳步稍有調整。但眷村弟兄姐妹們相互相助的支持系統，仍未因時光流逝而有所減損，越是深在他鄉為異客，越能相濡以沫，那條血濃於水的臍帶，也持續連結著。

有些上一代的記憶（如：在我們兄姐成長過程中，眷村統一發放米糧「米代金、煤代金」）或老眷村的史實，多是靠著口傳得知，對於嬰兒潮尾巴才出生的我來說，能夠親身體驗的，大多是那些沒依著經濟提升而變，仍持續存留的生活常態，例如：很多鄰居家裡會打打小麻將，與因為眷村才能發揚光大的麵食文化，云云。

光的院子記事

王子亦

# 老宅重生

2020年4月8日下午一點多，我站在沒有屋頂的屋子裡，左營熾熱的陽光灑落下來，將屋架的影子深深的烙印在牆上，彷彿碳烤麵包一般，留下曬傷的痕跡，汗水如下雨一般的浸透上衣，我瞇著眼睛透過霧濕的眼鏡，看著斑剝的牆壁，四周傳來牆壁的打鑿聲音，粉塵與噪音充斥在屋子裡，有如中暑一般的恍神……問自己：我在做什麼？清晨6:30開車從家裡出發，5個多小時車程，中午前抵達左營大路，習慣的去六十年老店汾陽餛飩，點一碗餛飩湯加乾拌麵，左營大路上有3家汾陽餛飩，都是老店開枝散葉分出來的，吃過一輪之後，就固定只吃一家了。吃完午餐就直接到施工中的光的院子，我需要抓緊時間，因為我還要開車5個小時趕回台北。光的院子是一個幾乎坍塌的老舊房子，當天正在拆除被白蟻蛀蝕的屋梁及破損的屋瓦，我站在院子裡，望著施工中的老房子，有著一種無助的感覺，因為不知道未來將是如何？

生命中的際遇，都有其因果。

1995年的某一天，我搭乘國光號來到高雄，記憶中我是第一次來到南台灣的城市，四處傳來南部的口音，帶給我一種陌生的感覺。輾轉搭乘公車來到左營公車北站，正在因為濕熱的天氣，忙著擦拭汗水時，Sophia騎著腳踏車出現在車站門口，如花朵般

燦爛的笑容，讓我忘記額頭上的汗水。然後，我這個不會騎腳踏車的台北人，只能坐在腳踏車後面，這是一款舊式的腳踏車，粗大的水平把手與輪胎，只有剎車沒有變速器，後面有置物鐵架也可以坐人。

　　Sophia熟練而奮力的踩著踏板，腳踏車穿過蜿蜒曲折的小巷，進入兩側由高大的樹木所形成的林蔭大道，微風吹拂在汗濕的衣服上，有一點像電影裡浪漫的畫面，只是男女主角坐錯腳踏車的位置而已。多年以後，我知道這個高大的樹木叫做雨豆樹，有著近百年的歲月，而被政府列入保護樹木，當天吹在臉上的微風，是來自台灣海峽的風，總是在黃昏時分，帶來海上的清爽，吹散白天燠熱的氣溫。腳踏車彎進街道規劃整齊、充滿綠意的社

區，停在一個有著紅色大門低矮圍牆的黑瓦房舍前面，Sophia拉著我推開紅色的大門，她的父母及家人都已在院子裡等候多時了，我人生第一次走進這個院子。

這個有前後院子的房舍，卻有著奇怪的房間格局。我們結婚之後，只有回門宴客的幾天有住過這裡，之後就再也沒有住過了。我們的新房臥室非常怪異，四面牆壁上都有窗戶，其中一扇鋁窗打開，手可以伸到隔壁鄰居家的窗戶，另一扇六邊形的窗孔，沒有玻璃，直接通到大姐的臥室。還有3個門片分別與戶外、隔壁房間相通，進出新房需要穿過岳父岳母的房間，浴廁是在房屋的外面，使用浴廁需要穿過院子，若是遇到下雨要打傘，天黑要帶手電筒，屋簷低矮漆黑。外面有一個院子，長滿不知名的植物，裡面藏著不知名的昆蟲，院子旁邊圍著鄰居的窗戶，講話聲、炒菜聲、洗衣聲不絕於耳。

對於從小在台北水泥公寓長大的我而言，訝異的心情不亞於當兵時的震撼教育。之後逢年過節，回左營眷村拜見親家長輩，都是選擇住在飯店裡。在沒有高鐵的年代，我們經常在春節期間，大年初二返娘家的日子，在高速公路上塞車，耗費單程10小時左右的車程。在眷村裡的節日，擁有濃濃的過節氣氛，街坊鄰居互相寒暄，人馬雜沓，熱鬧異常。台北的節日則是行禮如儀的井然有序，南北生活步調截然不同。

隨著時光流逝，長輩們離開了，鄰居們搬走了，房舍被政府收回了，眷村逐漸變成一片死寂的廢墟，左營也漸漸消失在生活中，埋藏在記憶深處。2019年高雄文化局推行眷村「以住代護」

計畫第三期，Sophia發現她的老家在認養房舍的名單裡面，毅然決定要投標申請，對於此事我們當然有所爭執，整修一個幾乎坍塌的房舍，沒有所有權，只有五年的使用權，合約到期時，也沒有任何保障可以繼續承租使用，這樣的條件，如何讓人願意投資做整修呢？而且整修頹傾老屋的費用，會是無法預期的龐大金額。

　　人生有些事情是無法理性辯證的，常常是感性決定了一切。

　　我與公司同事花了一個多月的時間，繪製詳細的空間規劃及透視圖，製作詳細的整建工程計畫書，遞交給文化局申請認養這座老宅。當收到申請許可函時，Sophia雀躍不已，為這個房舍取了一個浪漫的名字──「光的院子」，一方面是南部充滿著陽光，一方面是紀念岳父，他的名字叫黎熾光，來自廣東的年輕海軍軍官，他的軍艦停泊在山東青島時，遇見了在地的大家閨秀丁繡芬，因為大時代的巨變，岳父帶著岳母一家人，輾轉來到左營建業新村安家落戶，岳父的名牌就釘在房舍牆壁上，五十多年過去，當岳父離開人世後，國防部就依法強制收回房舍，家人被迫離開居住一輩子的家園，離開時將名牌從牆上取下，保留收藏起來。多年以後，光的院子整修完成，我們將岳父的名牌重新掛在門口的牆壁上。

　　整修老屋，掀開屋頂時，彷彿是掀開歷史，一磚一瓦都在述說一則故事。

工地現場充斥著破碎機的聲音與粉塵，我扯著喉嚨與工班老闆討論施工內容，完全是雞同鴨講，台灣很小，但是南北差異很大。南台灣的天氣熾熱，中午是無法露天施工的，師傅都躲在樹蔭下休息，施工進度是緩慢而沒有節奏的，沒有緊急的工作是需要趕工的，施工誤差是沒有關係的，標齊對正是不需要的，水平垂直是聽不懂的，總之，能用就可以了。最特別的差異是鋁門窗的窗紗是裝在室內側而不是室外側，當我發現時嚇一大跳，施工老闆理直氣壯的說——這樣紗窗才不會被外面的貓狗抓壞掉，也不會被颱風吹走，但是若是貓狗在屋子裡呢？紗窗品質有差到會被吹走？真是奇怪的邏輯，但是已經無法修改了。

　　當天花板拆掉時，看到的屋架不是實木，竟然是舊房子拆下的門框、鷹架用的竹子，已經被白蟻蛀蝕變形，只好全部換掉。室內有一根位置及尺寸奇怪的柱子，拆開時，竟然是一根煙囪，裡面還有燒過的灰燼，我還翻找了一下，是否有黃金、機密藏在裡面？這個煙囪最後是全部打掉，重新砌牆。漏水發霉的牆壁將表面水泥敲除後，發現竟然只是一截矮牆，然後在上面疊砌紅磚，砌到5公尺高，幾乎是一推就倒的牆壁，只好趕緊重新做結構補強，再做水泥粉光，最後刷上防水的撥水劑。鬆動的地磚翻開來，下面竟然沒有水泥，直接就是泥土，只好綁紮鋼筋，重新灌注混凝土地坪。然後——需要做新的化糞池、新的水塔、新的開關箱、新的馬達、新的鋁門窗、新的廚具、新的衛浴設備、新的……

老屋也有新意，危機也是轉機。

　　以前回娘家時，餐廳與廚房是在一個房間裡，岳母總是在廚房忙著做菜，操著我聽不太懂的山東口音，招呼我坐下吃飯，岳父則是坐在我旁邊，用廣東口音跟我聊天，我就保持微笑點頭。菜就不斷的端上餐桌，家人們有時一起坐下吃飯，有時端著飯碗，客廳、餐廳、廚房、院子走來走去，大家都很隨意，連家裡的狗狗貓貓也是隨意走來走去，到處串門子。我自己家總是由母親將一桌飯菜擺整齊後，家人一起用餐，父親還會要求不可以將手肘放在桌上，要端著碗吃飯，用餐規矩很多。兩個家庭這樣的場景都已不復存在了。我拆了屋頂，掀了地磚，才發現原本的餐廳是房子的側院，是增建出來的空間，難怪原本應該在戶外的煙囪，變成在室內，因為改用瓦斯爐後，煙囪就失去功能，成為一根無用的柱子，站在奇怪的位置。這個增建空間，根本沒有牢固的建築結構，高達5米上方的木頭屋架，頂住會微微搖晃的磚牆，磚牆上有著橫向的裂縫，感覺隨時會坍塌下來，立刻需要做結構補強，連文化局的建築師來會勘時也說需要做結構補強，然後怎麼做？費用呢？

　　這時腦筋急轉彎，做變更設計，將原本最頭痛的、在戶外的浴廁拆除，移到原本廚房的位置，新做的浴廁牆壁同時也是結構補強構造，支撐左右兩側高達5米的磚牆。原本戶外低矮漆黑的浴廁拆除以後，重新搭建鋼架屋頂，安裝大片落地玻璃門窗，轉

變成為挑高與開放的空間，連結後院、客廳與餐廳。這個空間因為結構危機，由陰暗的角落轉型成為挑高5米、充滿陽光與綠意的交誼空間，成為日後光的院子最受歡迎的聚會場所，原本雜亂的後院華麗轉身，變為簡約、禪意的景觀庭院。

光的院子的歷史其實是這樣的——在1895年甲午戰爭後，台灣由清治改為日治時期，日本在當時是國富民強，在左營建立最大的海軍基地——萬丹港，具備完善的棋盤式花園海軍軍官宿舍，做為前進東南亞的基地，二次大戰期間，這裡遭受美軍轟炸，原本的房子被炸毀了，二戰結束後，台灣由日治改為民國時期，緊接著國共內戰，國民政府戰敗遷台，將萬丹港改為海軍軍

港，軍官宿舍改為海軍眷村，這個被炸毀的房子重新修建成為軍醫診所，當時國家經濟拮据，所以重新修建是用廢棄的材料施工搭建，由於房間是診間，所以有許多門窗，不僅通風採光，也要互相聯通，因為醫療設備需要煮水消毒，才會有大灶與煙囪設施。在整修工程中，這些被隱藏在房舍的歷史痕跡，彷彿考古一般，再次的重現出來。

　　整修工程進行大約10個月的時間，光的院子逐漸由廢墟，蛻變成為一個適宜居住的小屋，在施工期間，我經常的開車往返北高，不知不覺台灣變小了，一些陌生的地名成為我常常造訪的名所，不熟悉的城鎮成為貪戀美食的所在。逐漸的我擁有了在地人的底氣，對於左營的歷史、地理、人文、美食……培養出貪戀的習性。每到了週末假期，都會吸引我前往光的院子。原本厭惡的南北差異，竟然成為生活裡的美好，傍晚的海風總能吹散白天的熱氣，眷村裡低矮的房舍，總是讓人放鬆心情，高聳的樹木有各式鳥類在唱歌，黃色的野貓會無聲無息的穿梭在院子裡，偶而佇足在矮牆上，瞇著眼與我分享無憂無慮的愜意時光。

　　我們在光的院子時間漸漸變多，漸漸發現南台灣的美好，隨著南部城市建設與活動增加，越來越多朋友造訪光的院子，常常在院子裡擺上露營道具，朋友們閒話家常，隨著夜色昏暗，點燃起營火，朋友們分享彼此生活中的故事，一則又一則的生命篇章，編織出在院子裡的故事。

# 沙發遷徙

　　2020年9月25日，上午安排窗簾工程，一個新裝修的房子掛上窗簾，某方面而言，就算是完工了。等師傅離開後，我拉開落地鋁門，落地白紗簾輕輕的飄動起來，第一次「看見」風在徐徐的吹著，那是來自台灣海峽的風，我就靜靜的看著，看著風穿越在僅有水泥粉光的空間裡，這個空間需要傢俱，但是如何選擇適合的傢俱呢？

　　生命自然會找到自己的出路。

　　1992年，我結束兩年在紐約的留學生活，告別了Pratt、再會了Brooklyn bridge。回台後進入潘冀建築師事務所工作，3年後再輾轉進入漢象設計擔任副總一職，那是台灣科技產業全面起飛的時代，因為工作關係，開始與新竹科學園區結下深刻的緣分。在旺宏總部的設計案中，結識了董事長胡定華先生，受他賞識提

攜，此後為他提供辦公室與住家的室內設計服務長達二十多年，彼此成為忘年之交。在2019年7月10日下午，我與胡先生相約，會勘建造完成的大樓預售屋，當天順利完成驗收，建商交給我鑰匙，胡先生交代我明天就可以開始室內裝修施工了。我陪伴胡先生走到大樓門口，準備送他回家，此時傍晚的夕陽餘暉照映著他的身影，他揮揮手說不用我送了，他自己散步回家。隔天一早胡先生秘書來電，語帶哽咽告知工程暫停，我不解原因，追問之下才知胡先生昨晚在睡夢中辭世了，彷彿遭雷擊一般的震驚，身體僵硬而無法言語。由於長期做為胡先生的設計師，參與他的辦公與生活的空間規劃，最後也參與了他的告別式與追思會的空間規劃，算是有始有終的服務了。當胡先生的後事都完成以後，繼續協助胡太太處理新舊房子事宜，大至空間布局，小至傢俱配件，都有胡先生與我當年所費的心思，常常觸景傷情。

當一切處理妥當之後，有一組沙發無法處理，這是多年以前，我陪伴胡先生挑選的傢俱，他很愛惜這套傢俱，在轉換房屋時，也跟著一起搬遷。胡太太正在傷腦筋時，我表達願意購買這套沙發的意願，意外的，胡太太就贈送給我，讓我有機會留下一段珍貴的回憶。因此，這套沙發來到了光的院子，安頓在挑高的空間、採光落地窗的前面，面對著綠意盎然的院子。胡先生是大時代的偉大人物，我將他的傳記放在光的院子的書架上，每當有朋友來訪，彼此分享人生的故事時，我就會介紹這位偉大的科技先行者，我與他結緣的故事。

## 目錄

第一章

光的線條，
從廣東到山東

# 從二戰美軍轟炸萬丹港說起

　　蝴蝶拍著翅膀，奮戰著夏日的氣流，努力找著散播出去的花粉，它心中怕是不曾想過「效應」，院子來了訪客，參觀了建業的其他民宿，問道：為什麼光的院子沒有日式高架地板與檜木梁柱？一陣微風輕過，緩聲的回答說：這得從二戰美軍轟炸說起。

　　「空虛混沌，淵面黑暗」是《聖經》描述世界有光前的樣子。光的院子也曾是廢墟，曾經大佐的住處，如今前門柱上仍摸得著當年的歷史痕跡。事實上，日治時代的建業新村就是官舍，鄰合群新村，以現今七二路為界[1]，交織成阡陌縱橫的街道，地址從橫向緯一路到緯十二路。

　　日軍官舍的地界約從緯六路開始，六路與九路各有一個圓環做分界之用，當時每戶門前都有兩豎柱子做為居家範圍標示，且不設任何圍牆籬笆，即便明德新村大將軍宅邸，也以樹叢為界（日治時期治安要求很高，更何況是軍舍）。

　　《馬關條約》後，日本發現萬丹港（左營軍港）是難得的天然良港，遂將重要的軍事設施、船艦、要員安置於此。當時日本海軍一級將領都是住在明德新村，包括後來的日本前總理大臣中曾根康弘也在此服役，現在參觀捌捌陸台灣眷村文化園區，都還

---

1　七二路：原本大家都以為是紀念黃花崗七十二烈士的路名，其實是蔣公七二華誕的紀念路名。

此照片系美軍在二戰期間，轟炸左營地區日本海軍基地時，由美軍B-24轟炸機在空中所攝，於2015年1月11日，海軍子弟同學在群組中貼出，由王志溥儲存標註。該相片在海軍軍區故事館有展出。

可以看到整修後的一級軍官官舍與校尉級大佐的老屋，座落於現在的建業新村。

　　許多史料中發現，二戰末期，美軍為了在太平洋戰場上減少傷亡，採取了「跳島戰略」，為了增加一路挺進日本本土的速度，美軍則擬定登陸菲律賓群島和沖繩島、跳過台灣的戰略。然而，不登島，靠的就是飛機空對空！

　　1937年「七七事變」中日開火，緊接著「八一三」淞滬會戰，中日兩軍在上海交戰。隔天日本海軍派出駐台的「鹿屋航空隊」和「木更津航空隊」從松山機場飛往上海轟炸，但並未如

願。然而，日本把台灣做為戰略部署的事實很快就被美軍發現，參雜許多政治因素，美國遂於珍珠港事件後回擊日本，同時也毫不客氣的轟炸台灣。

美軍總共在高雄投彈兩千五百噸，在基隆投彈一千八百噸，而大家較為熟知的台北只有三百噸。為何連番狂炸卻對台北如此禮遇？據說是為了保留文化建設之故，而後來的歷史與發展也證明它是一個正確決定，否則從前的介壽路與現今的凱達格蘭大道上，恐不見那磚紅色由森山松之助設計的總統府，歷屆的集會遊行也會少了訴求的實景對象（總統府主建物沒有被炸毀，但是側面有部分擊中，按照低空投彈的實況判斷不是失誤，而是有心保留）。

1945年1月21日，在巴士海峽的美國陸軍航空軍第五航空隊（the 5th Air Force）第38特遣大隊（麾下有第71、405、822、823中隊）出動約1,160架次整日轟炸高雄、馬公、基隆、台南、花蓮、新竹飛行基地（資料與相片來源：中國時報與海軍軍區故事館），而無情的砲彈就恰巧「不偏不倚」的炸落於緯十路與建業32-4周圍的房舍。

「沒有高架地板與檜木梁柱，是因為轟炸」，比起村子中那些至今保存完好的日式建築，當時這批受波及的房子必須展開重建，也展開了光的院子的故事。

# 百萬撤退海戰英雄落腳左營

那個年代，日本獨霸一方，不僅是兵精糧足地來到萬丹港，所恃的還有當時位列東亞強權的經濟後盾，由於戰略與海洋貿易上位置得天獨厚，日本對台灣是非常有計畫性的部署治理藍圖，這一點從建置軍官官舍即可得知，不只基地完整、建築有序、阡陌縱橫的街廓也安排十分到位，細到對「地下水道」排水規劃縝密，若非打算長期治台，何須如此？

隨二戰爆發，到了後期美軍參戰，當時在台的日軍必須按照戰況倉促調往前線，隨之身邊家眷也被安排歸國，或許走時倉促，又或深信終能返台，移師前未破壞村子，自然也未及修復被美軍轟炸的官舍，那些斷垣殘壁依然矗立於此，一直到民國36年國民政府派員陸續接收，更沒有想到民國38年大陸失守，海軍自中國大陸撤退，艦艇從基隆與左營港上岸，由於官舍眷村的大量需求，方才提出了要整修被美軍轟炸過的村子（即後來的公地自建方案）。

事實上，戰爭真的是一門大學問，是巨型專案管理，從採購到運送、從演練到部署、從通訊到後勤、從運輸到物資、從生者前援，到傷者後送，還有砲火中實際的作戰執行，從小在將軍村附近長大，知道「將軍」厲害如斯，也多是學歷拔萃之士，換個時空恐怕各個都能進護國神山。

國民黨時期以海軍最強，其軍容盛大、武力優秀是二戰中頂尖的存在，然而地面上卻是由「善於陸軍長征，精於情報諜戰」的共產黨主導，近年被媒體、政黨、鄉民大肆提及的「認知作戰」，早在國共戰爭時就發揮得淋漓盡致，更是國民黨兵敗如山倒，打丟大陸、撤退台灣的原因。

想像一下，上百萬人從內陸要撤退台灣是多麼恐怖！如今的烏克蘭民眾還能搭火車或步行到波蘭，當時兩岸隔著台灣海峽，除了船艦完全沒有機會。所以若沒有這群兵精質良的海軍，恐怕百萬軍民能抵台的少之又少，這般浩大的「遷移工程」都足以讓當代EMBA作為課堂上的個案研究。

當時各國海軍都有共通的特色，就是官兵較有學歷與氣質，正如現今飛官與機長英文要好，不說你不知道，正是因為當時海軍的特質，間接導致了「台人友日、韓人仇日」的現象，海軍的文明讓台灣人或有感念，而陸軍的蠻莽釀成日本與韓國人之間的衝突憾事（日本當時駐台多為海軍，駐韓則多是陸軍）。

回過頭來，當時擁有東亞最強經濟力的日本，在「治理」台灣上也下足重本，興建官舍都是選用高檔材料，甚至還輸出了本島的「境內版」材料來台使用，對台灣積極治理的作為不言可喻，在我們重建、修復院子的過程中就發現了清晰可見的「原裝鋼筋」，如何判斷呢？很簡單，當年日本進口鋼筋是一體成形的圓體狀，後來的現代鋼筋為了增加拉力，會做成竹節狀。

「一半是和風日式的官舍、一半是美軍轟炸的廢墟」這就是國民政府來到萬丹港時的光景，如何妥善安置官兵令人左右為難、傷透腦筋，此時有人提出了「官地自建」，也就是以申請的方式，取得國有土地的「使用權」，並且沒有使用年限，只要你具有「海軍相關人士」身分，且願意自掏腰包，就能來申請重建修繕。（想不到的是，此舉也為六十年後埋下了產權爭端，若照時序始末，村子的土地均歸海軍所有）。

　　請注意，為何有資格者放寬至「相關人士」而非僅限官兵，原因同樣簡單，在物資缺乏的時候，要重建如此具有規模的屋舍費用相當可觀，在台幣尚未問世仍以黃金為主的時候，沒人願意拿出最值錢的家底，來修建一間不知會使用多久的房子，然而，光的院子（前身）卻是在這樣克難中來的。

　　抱持著「所費不貲、未必久用」的認知，許多人靈機一動，將宿舍申請用來開業，軍醫余朝國先生也其中一位，民國38年余醫師隨海軍來到左營，向軍區申請了32-4號建地，完成公地自建手續，於是建業新村第一間的醫院就此誕生（一家小型診所），「診所風」的動線與空間配置，也造就了現今在「光的院子」看到的格局。

　　「每一個房間都是正方形」，整修光的院子時才恍然大悟：「原來房間是診間啊！」甚至還發現曾用來清潔醫療器具的消毒火爐，其線索來自於屋子內的煙囪，就像動漫《名偵探柯南》的

招牌台詞：「真相永遠只有一個」，建築會說話，如果沒有翻新拆解，沒有追本溯源，也不可能發現這些超過半世紀的蛛絲馬跡，就連地磚也有自己的故事。

# 一九六六初至左營建業新村

兩歲時第一次踏進建業新村，那是1966年，現在來「光的院子」在花廳裡看到的地磚就是當年鋪設的，美麗的翠綠花質地鮮豔了一甲子！特別是在2020年整修時，因屋頂拆除待建，經歷大雨摧殘。有這麼好的材質該歸功於母親從大陸娘家帶來的金援，促成家裡有自己的生意。當時在高雄有三大餐廳：新陶芳（粵菜與客家菜）、致美齋（江浙菜）、厚得福（北京麵點），而位在高雄市鹽埕區（當年是媲美西門町的熱區）的新陶芳就是家裡開的。

說起落腳高雄、開菜館也不是一步到位，父親的軍艦從廣東開拔到山東，在青島帶著母親全家上船，船經上海時，父親匆匆添購兩台「勝家牌」縫紉機，一台用特大包裹寄回了廣東興寧老家，另外一台後來則是上了船跟著母親到台灣。

因此打從擁有縫紉機開始，未來的孩子們就不愁沒衣服穿，這台勝家牌縫紉了新衣服，也像是縫住我們一家與母親娘家緊密不分；但父親的家人卻沒這般幸運，一個都沒能上船，全家淪陷

在廣東。後來才明白，父親對母親的愛，讓他在危難時做出不得已的選擇，選擇先撤救母親一家，船艦再次從上海啟航往台灣方向，但是軍艦已再也無法靠岸廣東，當年修書給老家的父親無法實現帶家人來台灣的諾言（這種思念延續至日後開放探親，我與父親第一時間申請返鄉，帶著三大件五小件，我的手指還戴上六個金戒指，都是想要還這一份情，當年我們進了廣東興寧的老家，鞭炮聲響起，我的父親卻跪了下去……）

都說小孩才選擇，但那個時代的大人們，其實沒得選擇。

中字艦到了基隆，先暫住類似眷村的集中住處，全家跟著父親的軍職而時常搬遷，從1949到1966年間就居住過基隆、內湖、鳳山、鹽埕等地，家裡也陸續於1953到1960年間開始做生意：我們開過百貨行、三義園山東館子，後來第三次創業，才開了賣廣東菜的新陶芳。會有這些開館子做小生意的契機，當然是跟置產有關：那個時代渡海來的外省人，始終都認為會跟著國民黨反攻大陸，所以有帶著黃金來的幾乎都緊緊抱著！只有我們老爺的想法是：到哪兒都該有個「地兒」，想說就算以後回去青島了，還可以派人來台灣收租（所以說，這也是貧窮限制了想像？或者是，有錢才能任性？）那年代是舊台幣，用大陸帶來的黃金是有可能買一條街的！我的外公、舅舅們不愧是見過世面的，出面買房子時就已經知道重點在location、location、location，一出手就是鹽埕區，那個洋行餐館熱鬧的所在。新樂街上到現在為止，我

們仍是少見的「外省人」。

民國46年因為館子生意好，樓上需要再開一層用餐，我們申請了左營自助新村，但該村房舍實在太小，難容一家十人居住，幸運的是恰好有人（軍醫余朝國）願意「讓渡」建業新村居住權，於是父母花了18萬台幣入手，地坪若是從水溝外圍算到底邊圍牆有100坪，從大門計算到底邊圍牆有82坪，室內面積37坪，對於曾蝸居的自助新村軍眷來說，這天地簡直是天堂，鄰居還多是將軍，配有黑頭車、吉普車，附加專責打掃煮飯的勤務班長。

放眼村中的媽媽，多是穿旗袍的官太太，令人覺得威風！

搬進老家時，因為年紀太小無法領略這棟房子獨特的建築細節，房間與房間都是用菱形的窗戶開通，也就是一個沒有祕密的家庭！一直沒有感覺這有什麼不對，直到我長大到國中才稍微覺得怪怪的。後來因為兄姐紛紛長大到外縣市求學，逢年過節難得的大集合，人多起來房間才會感覺擁擠，現在算算可以用的坪數，真不知幼時大家是怎麼住過來的？！

在我非常年幼時曾跟爸媽共擠一張床，小學時則睡到雙層床上鋪，如此慢慢「升等」，終於在高中有了自己的房間，同時也擁有一整片可以看著後院的窗戶，慢慢的編織著自己似水年華的一簾幽夢！

住在雙層床的上層，家裡是掛著蚊帳入睡的，那時外面還是

水溝（我們都叫陰溝），黃昏時蚊子會一群群的繞著頭頂成群飛，大人都不讓我們接近，怕孑孓帶來的各種疾病，可是每天在街上玩的我們，蚊子出來時大概也該回家吃晚飯了！晚飯後一定是全家看電視時間，好像大家也有共識，我們人微言輕，大人看啥我們跟著看，所以每一齣連續劇的主題曲，一直到現在我還能琅琅上口。特別的是，我本人對於戲劇與各種語言都有興趣，所以歌仔戲、布袋戲，乃至於台語連續劇《阿善師》、《西螺七崁》，我都可以接受，應該是少數會唱台語歌與聽得懂台語的外省孩子。

在讀到國文課文〈兒時記趣〉沈復的文章特別有感觸：「余憶童稚時，能張目對日，明察秋毫。見藐小微物，必細察其紋理，故時有物外之趣。」我的小世界是從窗戶與窗簾之中開始，那時有一部西洋影集叫做《太空仙女戀》，瓶中金妮一頭金髮漂亮極了！我躲在窗台上，就覺得自己像精靈一樣有一個專屬自己的小天地，後來發現窗台太小不能放置一些私人物品，靈機一動把房間裡大木櫥與之相連，頂上竟合成一個連續空間，而爬上櫥子的方法是踩著紗門的橫條，我好像練家子一樣上上下下，忙得很！現在想想，是因為家裡孩子多沒有人管，那櫥頂還挺高的，一個不小心可能會摔個頭破血流。除了爬櫥頂的危險動作，在這個家裡面，我清晰地記得重大受傷有兩次，兩次都與棉被有關（其實是自己調皮）。

先來說說「跳曬棉被」，那天與小姐姐在院子裡一人占了一張曬棉被的椅子，我們偏偏要空中來回跳，這次黎大膽真的掛彩，摔到花盆上，太陽穴附近血流如注！當時母親忙著煮飯，舅舅帶我去附近張醫官處縫針，醫生說：「還好沒有直接摔到要害，否則這孩子要傻了！」好吧！也算大難不死。

　　另外一次是「跳竹床」，比先前摔到頭還痛，那天也是「棉被」拿去曬了！（心想：這下還不讓我有機可乘），我從兩張床跳來跳去，大拇指被竹板掀起，十指連心痛徹心扉，更慘的是，腳的中指也挫傷，後遺症是永遠左腳中指比右腳的短了0.5公分。其實，在村子裡受傷的記憶還不少，摔車也有兩三次挺嚴重，歸咎起來真的是「十次車禍九次快」，自己衝太快、愛超車，而這個習慣一直到長大也沒學會教訓，一路摔到2019年，因為，只要騎上自行車，我就會以為自己還是那長辮子的班長。

　　以上的狀況是「在家裡」受傷的案例，身為黎大膽本人沒有一丁點兒「在外」的事蹟怎麼能行？在緯十一路上玩閉眼睛跳繩比賽，摔斷大門牙，還在嘴角流下了永恆的暗疤；跟小朋友好勇鬥狠，過年比賽水鴛鴦誰拿得最久，直接被炸到手掌變成銀色！媽媽說我整天穿著「瓜達板子（即拖鞋）」四處與鄰居串門，活生生是個管事的！家裡少蔥少蒜也是我去張羅，更厲害的是，我可以直通軍營，看到衛兵哥哥只要說「進去找誰誰誰」，就自在的騎著腳踏車進到軍區大逛逛！值得一提的是，騎的還不是什麼

淑女車，而是粗獷有大大橫槓的自行車，那可是要有超強平衡感的呀！把右腳伸到橫槓中間，身型漸漸大後更學會側身騎車，也會放雙手，從後座橫跨上車，現在想想，欠栽培的我搞不好可以進李棠華技藝團！

是啊！自行車對眷村孩子來說太重要了！我自己的第一台車是到「當鋪」買的，不知是不是那個年代很多人偷車，才有如此之多的流當品，如果再被偷損失也不至於太高，現在想想真是不可思議。我發現，騎著車才能開始許多的「探險」：我可以偷偷

大佐的柱子上面的門牌至今還在「光的院子」掛著，再加上爸爸的名牌。二姐幫我紮辮子，衣服是她的家政作業。老家的紅色木門上有信箱，旁邊是茉莉花，開花的時候香極了！還可以採下來去茶葉店換香片。

在傳說中的海福照相館拍照，也是我人生的第一張相片，我就是被媽媽抱在手上的小baby。畫面中三姐妹穿的衣服，都是媽媽親自到布店裁布、親手縫製。

帶著泳衣，到煉油廠泳池游泳吃冰棒，還可以去逛軍區，根本是「有車在手、任意由我」，十足的自在翱翔！自在到拔遠至中正堂看西洋片！對家裡來說，我應該就是個「野孩子」，但是在學校又是連續六年的班長、模範生，在學校可是要管好同學的呢！或許內心狂放不羈，與我的星座分屬水火木土有關吧！綜合型叛逆，好處是勇者不懼，生命彩筆揮灑不留白。

眷村的建築多呈現出樸素而實用的風格，但是當我先生重建時發現，當初公地自建的材質簡直寒酸到無法接受！據說是一位無師自通的原住民朋友幫村子許多戶上梁鋪上屋瓦，與當時的社會背景和經濟條件密切相關。有磚木結構就已經偷笑了，瓦片覆蓋的前後屋頂，現在看起來還是不錯看，既有些中華傳統建築的影子，也融入了一些現代化的元素。

重新整治院子，我們沒有重建經歷風霜的老牆，牆面上的斑駁痕跡，見證了「時間的流逝」也映照了「歷史的沉積」，想起曾經的牆面上會被頑皮的同學寫上，「誰誰誰愛誰誰誰」，時常默默的一起床就成為女主角，真的是哭笑不得。

重新整建老宅，唯一不變的是我們把父親的銅製門牌保留，歷久彌新的守護著光的院子，紀念著父親：熾熱的熾，炙熱的、快速的，剎那卻永恆！

第二章

光的角落，
在村裡享五感

# 從兒童視角看著一花一世界

你也這樣嗎？小時候都覺得東西特別大，大得抽象！如前篇所述1966年搬入建業新村時是兩歲的年紀，儘管不太有人相信記憶可以回溯到兩歲，但我仍對懵懂下看見了什麼有幾分印象，正如對「搬家」的記憶非常強烈。好玩的是，五歲前的記憶都是「山東話」場景，國語從來沒出現過，幼稚園老師常常憋住笑，跟同學再次解釋我的意思，又因為家裡都是在說山東話，比方說「腳」，我的讀音唸音都是「絕」，老爺、老娘（外婆）、大舅、媽媽通通是用山東諸城話溝通，好在北方話與國語（北平）就是鄉音重了些，還是可以對外溝通的。眷村孩子們的語言天分可能也被這樣的環境養成，大部分都很會「學舌」，各省的方言我們融入得也快，不用送語言學習也可以入境隨俗。

「搬家不就是把家裝上輪子，推去要去的地方」小時候就是如此天真的認為，隨著慢慢打開腦中記憶的盒子，回憶還真如跑馬燈一幕幕地閃過，那個年代有照相機並且常拍相片是很稀有的事，可能只有少數家庭會擁有幾張到「海福照相館」合照的全家福，幸運的是我們有一位父親的同僚，他是一個非常喜歡玩攝影的叔叔，我就是當然的模特兒了，光的院子的前身就是最好的取景地，偌大的花園可以拍到有景深的取景，小小的我可以從前紗門鑽到後紗門，又從廚房門衝入餐廳門，場地之大可「真是豪宅

啊！」很幸運的我們有留下這些相片保留住永恆的回憶。

　　兒時不只空間大，玩的東西也多，信手拈來的植物、擺放其中的家具，都能化為遊戲，防空洞更是大家的最愛，只要進到洞裡就能一秒變廚房，和著稀泥裝成包子、饅頭、花捲等各類麵點。

鳳凰樹用途更多，豆莢玩「殺刀」，遊戲規則是砍到膝下肩膀上就是贏家、鳳凰樹葉子來玩「騎馬做大官」、花朵來做「紙娃娃衣」，還把扶桑的黃色雄蕊黏在鼻子上當記號，也用「黃色的瑪麗亞小酒杯」玩家家酒。

　　走到緯十二路外，還有兩旁的雨豆樹，生長在海軍大操場旁（大操場緊鄰建業新村與明德新村）是當時南部最大的海軍操場，可能是屬於軍方地上資產的關係，軍備局還為每一棵雨豆樹掛上了名牌，棵棵樹齡都超過九十歲。

　　母校明德國小就在旁邊，大會舞練習都得來大操場上，有時跳著海軍軍歌伴奏的海軍舞、有時則練習時稱山地舞的原住民舞蹈，記得一次登「場」表演，跳的正是原住民舞蹈，舞畢，我代表學校向海軍長官敬禮，隨後長官接受我獻上花圈，低下身問「你是哪一族的？」剎那間真是傻爆了眼，小腦袋思量了如不回答反而沒禮貌，便說「我是阿美族」，真不知是哪裡來的演藝細胞，這下逗得長官笑呵呵，老師也說我很乖，可惜的是，我沒有留下任何可以「驗明正身」的相片，唯有一張與原住民畫像同框的合照，看起來還真有幾分神似，加上小時候皮膚曬得黑得不得了！

　　時過境遷，海軍大操場沒變，大二雙十年華那一年，舅舅也到「從心所欲，不踰矩」的年紀。我在大學裡，學分沒有修到多少，倒是遠距戀愛經營得很成功，寫情書比寫報告還勤快，在社

童年被誤認為原住民，後來與朋友邱佩　聖誕紅與綠竹相映成趣。
琳（現基隆市副市長）的畫作合影。

團也比課堂上還活躍，下課後就在外頭向花花世界學習，學逛
街、學治裝、學打扮（小小年紀搭珍珠項鍊，假會？）寒暑假也
是營隊度過，只有新年時才返家，總之沒有特別的事，絕不會刻
意的「麻煩家人」，以免「成天往外跑」這句話不絕於耳。是代
溝嗎？不，與家人連吵架、意見不合都沒有過，只是回家就當是
報報到、亮亮相，成了那個不太與家人話家常的老么。

　　某年過年，一家人一如往常站在大門口照相，蘇東坡鐵粉的
舅舅早早把蘇大偶像「無肉令人瘦，無竹令人俗」這句話刻在腦
海，童年時就在家門口種上葫蘆竹，卻又說竹子太過瀟湘（註：

典出《紅樓夢》的瀟湘館），所以加種上聖誕紅，一則映景、一則配色，就「竹、紅」入了背景下照了一張相片，省話老么還是不怕尷尬的沒多說話，突然舅舅對我說：「穿著這身紅很漂亮，我們就像門口的葫蘆竹與聖誕紅。」我不記得當時有無回答，但這句話自舅舅口中說出將近三十年了，仍記憶猶新。

早年的竹林與後來的相思樹就成了我們老家的「識別標誌」，班長就是竹子樹那家，小學同學要找我的話不難，大學後的朋友們就要找相思樹。「紅豆生南國，春來發幾枝」這麼詩情畫意的場景，陪伴我的成長。國中時投校刊的第一篇散文就是〈竹林後的眼睛〉，因為寫得太逼真（單戀情緒的描寫，是嘗試著把內心深處說出來的故事編排，沒有想到校方安排心理諮商……真的是一個令人匪夷所思的情節），輔導老師說我文筆很好，怕同學們看了會耽誤學業，哭笑不得之後換了一篇〈紅樓我見〉，編輯又覺得同學看過《紅樓夢》的不多，我只好改寫一篇散文〈彩虹〉預知未來記事，寫我三個女同學的友情，「大象、獅子、狗狗」，很愛幫朋友取外號的我，只要是同性情誼就過關了！現在想想不禁啞然失笑。

我從小女孩長成大姑娘就是這麼回事，不動如山的舅舅，不論我遇見什麼麻煩都只會跟我說「快落就好」，少時不問功課，長時也不問事業，一切「快樂就好」（「樂」的山東口音似「落」）。

兒時記憶中的小販叫賣聲常常縈繞在我的耳邊，那時候會進到村子的小販有幾類：首先提名我天天企盼出現的第一名，就是下午三點剛出爐的麵包，老伯伯是用鄉音喊著「麵──包──」（是的，音總是要拉得很長），我會忙不迭地從家裡面的書案上衝出攔截麵包（舅舅常會把我們家的一些零錢放在那兒），林林總總的麵包在他後座的箱子裡，幫各式麵包蓋上保溫的小棉被。即便母親幾乎天天做麵食，家裡永遠都有包子、饅頭、花捲，可是我還是喜歡下午去追麵包車，這些菠蘿麵包、肉鬆麵包感覺比較洋派，相對是我的最愛（附註一下，大家在講的兒時蘋果麵包不是麵包車裡面的品項，而是在雜貨店裡，大人也常叮嚀：那是低筋麵粉做的，沒有營養，後來還說有大腸菌……云云），我們村子從合群開始算到建業共有12條馬路，在緯十二路上有一間吳伯伯、吳媽媽開的包子饅頭店生意「挺好」，他們的女兒比我大一屆，功課則是「頂好」，我就在想：可能還是吃包子、饅頭比較聰明吧！

　　再來，就是賣冰淇淋的「叭噗（ㄅㄚˊㄅㄨ）」，一般來說這必然是兒童的最愛樂園（現在想想，這種叫賣直接到家門口，跟現在的Uber也有異曲同工之妙），在腳踏車上裝置發出聲響的設備就不用沿街叫賣，實在太方便了！於是我幾乎天天買，果不其然吃到百日咳（也不知道是不是真的），從此以後就被嚴格禁止。後來每當叭噗經過就是我心情最糟的時候，還好三年級後上全天班，不用再感受聽到叭噗而不能買的錐心之痛！

其三，近年來食安事件頻傳，油品更是重中之重！小時候的麻油是沿街叫賣的：賣麻油的老伯喊的「口號」很特別（這一段真的需要錄有聲書），他竭力嘶喊這句：麻油──麻油──好麻油！後來我研究了一下，這好麻油的「好」應該是黑色的「黑」，媽媽在家裡聽到，就會要我拿著油瓶出來「打油」，記得老闆持一個竹勺子，問著：要幾斤？那時沒有公升的概念，通常都是一斤。家裡有十口人，白色的芝麻香油與黑色的麻油，大概每個月都會出來「打麻油」打個好幾斤。

兒時記小販的記憶，同樣也「不小心的」記了些都市傳說，在幼稚園時第一次聽到「鬼故事」，場景竟然是我們海幼幼稚園的廁所，小朋友亂說上廁所會有手從下面伸出來！當時才五歲的我真是驚嚇，回家便跟大人們說：我不敢在學校上廁所了。那時候我就已經開始留著辮子，不知道誰出的鬼主意說：只要把辮子咬在嘴裡，鬼就不會抓你。結果老師看到我辮子上都是口水，我還很得意地說這樣鬼抓不到我！

記憶力真的開發得太早，幼稚園的對白，竟然記得到現在！

更扯的是，記得小學的時候好像有一次月考測驗，答錯「黃燈亮了以後要怎樣？」這題，答案是快速通過，而我選靜止不動，被扣了兩分，因此沒拿到一百分，回家極度憂傷，很怕那學期沒有第一名，終其整個國小六年就是分分計較，一定要把市長獎拿到手，殊不知長大以後，在每個飯局上，最少一半的人都是

市長獎。我們在如此遙遠的鄉下，相較天龍國的私立小學比比皆是的菁英教育，我們的進階成就只能靠自己的課外讀物。

看看現在，家長們都是私家車排隊接孩子，或者是搭校車，再也沒有看到排路隊上學的景象，對吧！路隊也是在村子裡有的記憶。

從村子進入雨豆大道的盡頭，就是我們兒時排路隊的開始，學校會遴選糾察，所有的糾察隊員發放糾察帽子（像施工中的那種安全帽），還有一支長長的糾察棍，真是英姿煥發！我從中年級開始便企盼著一定要當上一號的糾察隊長！自詡以我的品學兼優那可不成問題，果然老師選我當一號，我當天帶著糾察棍、糾察帽，威風凜凜的回家，沒有想到平常不太注意我的媽媽，那天忽然發話：「明天退回去！」真是晴天霹靂啊！

糾察隊不僅神氣活現，還象徵著另一種至高無上的榮譽，可以管全學校一年級到六年級，媽媽要我退回去的意思是說：你已經是班長了！沒有必要再當糾察隊，拿著一根大棍看起來很不像個樣子。母親在家就是母后，她的話就是懿旨，牡羊座的她沒有溝通空間的，除非想挨打。

寫到這裡，總感覺自己小時常挨打，但事實上大部分只是被媽媽恫嚇，真正挨打的記憶只有一百零二次（這是小時候的語法，只要是很少次，前面都會加上一百），所以我委屈的退還回

去所有的糾察配備，眼睜睜的看著跟我同年同月同日生的同班同學接走一號頭盔；而在村子裡，我仍然給自己搬個舞台，給自己當了個人糾察隊。

老家有圍牆，有大門，但沒有鑰匙，因為家裡永遠有人在；真的關上了大門（從內移動木製門閂，就是鎖門，眷村大門是防君子不防小人）叫不開門，就是翻牆進。大門兩旁大佐宿舍的柱子有橫向分隔條，很容易踩上去翻門或翻牆，所以玩著玩著玩晚了，媽媽鎖了大門也不怕，了不起就是翻牆爬門回去；但這種情形並不多，因為晚餐時間大部分自己會倦鳥歸巢，肚子餓了當然就回家！唯有一次沒有拿捏好時間，後來想想自己太白目，那個期間應該家裡低氣壓，我還是晃啊晃啊參加隔壁小朋友的生日，

有圖有真相，參加生日會還玩得很瘋。

最有趣的是還照了一張指著蛋糕的相片，結果那天回家就是第二次被「竹筍炒肉絲」（第一次是為了我學蔣光超唱〈揚州小調〉，欲知事蹟，後文有述），我那母后竟然是拿著蒼蠅拍子邊罵邊打我，打的是太晚回家。

後來發現其實我挨得冤枉，因為與平常返家時間沒差多少，但是人生哪裡有天天過年的，這就叫做「陰溝裡翻船」吧！忘記那天是不是大舅不在，最不夠意思的是哥哥姐姐們沒有一個人出手相救，或許是平常太欠修理，我被打後大家似乎都還蠻開心，合理懷疑那天是媽媽趁著大舅不在才教訓我。想到自己有孩子以後，也是只打過我女兒一次，這樣平衡一點。

從村子要走到學校有兩種道路，一條是雨豆大道，另外一條是現在已經被填平蓋了士官兵宿舍的「大水溝」，有時候約好了幾位同學，就可以壯膽走大水溝去上學（當然還是要舅舅不送我的時候），現在想想那條大水溝也沒有什麼特別，但是總有一些平常沒有的話題，只有走這條路時才被提起，童年的言語真的沒有禁忌，如有小朋友說緯八路有位同學走路沒有影子，天啊！沒有影子不就是異次元的人？於是有人就出了主意，要找這位同學一起來走大水溝，當我們決定以後，就找了一個上半天課的日子，中午一起走回村子（印象中是星期三），結果，日正當中，大家都沒有什麼影子啊！

還有更瞎的，我們在走大水溝的時候，發現一位老伯拿著的

畚箕裡面都是有血跡的衛生紙，我們幾個連滾帶爬的跑到村子派出所去報案，被員警喝斥回學校，叫我們不要多管閒事，也是到我長大一點才知道，那是一個「亂倒垃圾」的案例，不是什麼凶殺案。

村子的小朋友們竟然發明了自己的語言，叫做「注音符號話」，可以一連串的話都只用注音符號的第一個字來表示，很神奇的，竟然真可以溝通，這樣玩了好像很多年，一直到我最後發現我的名字如果只用注音符號前三個字的話實在太難聽了，很像老媽子，就拒絕再玩。

在馬路上的遊戲實在太多，我們運用所有的植物，也運用我們的創意。每天在街上玩的放電程度很高，回家就是吃飯、看書、看電視、睡覺，那是無憂無慮過日子的快樂時光。

## 胡琴鑼鼓聲不斷的聽戲世家

小時候二舅、舅媽會從台南（二舅早年服務於台南二中，後來一直在台南一中擔任總務主任，與李昇校長——導演李安、李崗的父親——同事直到退休。現在遇見台南一中畢業的朋友們，有些人還記得丁主任）來家裡，跟著我們全家人一起守著電視、聽著老爺說戲。像是徐露的《大登殿》、郭小莊的《拾玉鐲》、《烏盆記》、哈元章頭牌老生戲《打漁殺家》、胡少安的經典

《四郎探母》、周正榮的《擊鼓罵曹》，以及高蕙蘭在《西廂記》的小生、李桐春的活關公、于金驊的丑角……所有老戲都讓人印象深刻。

最愛聽戲的家人要從我的老爺（外祖父）說起：丁士龍（肖龍，民國前20年生），我的老爺，他真的是有福氣的戲夢人生。

媽媽說她在快要臨盆生二姐的時候，老爺抓著我爸爸研究大戲考，不讓他幫忙生產事宜，眼睜睜看到老娘、大舅等忙進忙出，老爺只是要爸爸掀出個他不熟的段子，弄得全家三條線！（提到有關於生小孩的事情，不得不佩服我的母親，那個時代的女人生產很多都是叫上助產士來家裡幫忙的；媽媽生了五個小孩通通都是在家裡誕生。我出生的時候天剛亮，產婆摸黑起早趕來，呱呱落地時雞鳴天光，所以才會被取名為：黎明珍）。

老爺，他就是玩了一輩子的大少爺，我翻出許多相關資料得知，一直到全部老家的人搬離諸城住到青島之後，老爺都並未當家，而是由老爺的母親（曾外祖母）在管家，等到他的母親走了，這些當家的事情又落到老娘（外祖母）的身上；別人到了青島是逃離日本鬼子，老爺到了青島，是先找了牧師想學學德文，後來二姐就讀輔大時輔修德文，她說老爺德文發音很好，陰性陽性單字都背得不錯。

老爺一生玩得精彩、玩得專心，一大家子都陪著他玩！

少時的他愛把玩骨董、收藏字畫等，非常可惜的是他雖有很好的眼光，也曾經費心收到了真正文天祥的字，但是戰時日本人來強取豪奪拿了去，老爺很是傷心。

後來上了爸爸的軍艦來台，能帶來的也很是有限，只有我們記得的那幾幅大小楷、扇面、橫幅畫，據說家中有八大山人與文徵明的真跡，但也都是聽大人們說說，並不知藏在哪裡，或總是聽說鐲子又送了哪個表姐，又有畫在三舅那，這些對我來說都已經是傳說（我聽了大半輩子只有看到老娘留給媽媽的點翠頭面，還是後來我們全部分了做紀念才目睹），總是聽到老爺收了一輩子的東西，都一直堆堆堆在他屋子裡。他走了後，我們發現除了字畫，還收了很多甄珍的畫報月曆等，於是，在辦身後事時，舅舅們還燒了很多紅粉知己的紙紮（當時有姓丁的明星歌星演藝人員都被寫上名字，老爺的告別式風風火火辦得很風光，也是少有的外省人如此大葬，不僅有土葬鴛鴦墳還做生機，那是我人生第一次參加葬禮，禮數周全印象深刻）給老爺，也只有這個時候老娘才不會生氣吧！

話說甄珍還真的是讓我留下與老爺不可磨滅的記憶，從《彩雲飛》、《海鷗飛處》開始（聽說之前還有「小淘氣」系列），只要是有她主演的片子上映，對我們來說都是大事，因為老爺要出門了！要先準備好叫車，從左營大街叫計程車進村子，雖然中山堂（海軍軍區的電影院，有在左營當過兵的人都知道：中山堂演

國片、中正堂放西片）與我們家只需要步行十五分鐘步行距離，但是老爺出門陣仗就是大不同，通常是週末，一早我就要先去買好票（早上10:30開始賣票；下午有兩場，一場是一點鐘、一場是三點鐘）記得那時一部片子是4塊半，但是計程車坐到中山堂加上又叫進村子家中門口，就要10元（那時從左營到鹽埕區是40元，我爸會討價到32元），雖然在南台灣不會很冷，但如果是冬天，怕冷的老人家要出門看電影，電影院又是冷氣開放，老爺總是會穿著大褂子，手上還抱著手暖炭爐（大陸帶來的，銅製，是真的裝炭），老爺跟我們上了車、進電影院，非常專心的看著瓊瑤電影；說來老爺是清朝人，能趕上潮流也不是個簡單的事。

老爺的戲夢人生是從年輕就愛熱鬧，愛聽戲。家裡有人生日還會搭戲台，後來年歲不好了，也會贊助盲胞來家裡彈錚錚鏦鏦的三弦子祝壽；媽媽小時候生日都有人來唱戲祝壽，所以後來我會帶媽媽去西餐廳聽歌慶生，甚至在她八十幾歲的時候去聽陳昇跨年，她都很開心！愛看表演的基因是我們生來就埋藏在骨子裡，我是各種不同的藝文表演、演唱會，時間許可下幾乎每役必與，女兒也不會瞠乎其後。

後來在台灣已經找不太到原汁原味坐科親授的戲，拜科技進步之賜有了電視，我們家又熱鬧了！沒有電視之前都是放黑膠皇后唱片的戲碼來聽。老爺對於各派戲碼耳熟能詳，武生戲、小旦戲，反正以前只要是台灣電視台有平劇播出，我們一定是一大家

子準時觀賞，就像現在的星光大道一樣，老爺還會現場講評，而後來三台也跟進戲曲播出。順道一提，那時平劇不能稱呼京戲。

一同聽戲的還有一位與老爺同鄉的朋友，也姓丁，住在家附近的緯八路，我們叫他大老爺，大老爺的女兒我們則叫小姨，名字是丁銀紡，是廣播電台的名主持人，後來很活躍在婦女會；她的夫婿叫馬維邦，海軍官校畢業，後來當選過高雄市議員，高雄左營果貿新村的重建時期，就是他擔任市議員的時候經手的，包括：設計圖、發包、建成，那應該是我記憶中第一批由軍眷村改建國宅的案例。沒有想到，現在我們開著吉普車帶著來左營參觀的友人們，到這個橢圓形的改建眷村去拍網美照留念，景物依然在、人事已全非。

老爺與大老爺會一起全民開講，點評這些戲唱得如何又如何，最後還會進行票選，老爺最愛的應該是張派（張君秋派）的嚴蘭靜。

二胡聲音伴隨著我對老爺的記憶：程派、梅派、荀派他都如數家珍，來到了這個海島，思鄉也只能飄揚在絲弦場境；晚年老人家眼花、童心不改，硬把一塊已經洗到很小的美琪藥皂，說是一塊翠，還在手上把玩不停，這種大少爺落到凡間何等淒涼？憂悶時只記得他與老娘拿著菸對抽（小時候還沒有拒絕二手菸的概念），二老都是年輕從水菸、旱菸、抽到紙菸捲，最後新樂園抽到八十多歲，我還幫著二老去雜貨店買菸，可以將剩下的小零錢

放在錢盒子裡，也是一段甜美的記憶。

印象深刻的是，在幫忙買菸的路上撿到10塊錢，送到派出所，警察叔叔說我是好孩子！很上心的我把將這段故事，用文字寫出來投稿到《高市兒童》，記得得到的稿費是20塊錢，從小就知道文字跟語言可以化成經濟來源。

由於我是家族裡這輩最小的孩子，與相差七十多歲的老爺與老娘沒什麼對話交集，這次藉著要出版書籍做一次大整理，花些心思書寫出對老人家的隔代記憶，這些懷鄉情緒即將隨著我們眷村的一代代落幕而塵封。

想到當年老爺全家從諸城離開時，他們將祖先的畫像用錫封了，敬天拜祖、信誓旦旦會有回老家的一天，大槐樹下面也埋藏下許多家私。而今，陰陽相隔，不知道二老的魂魄歸故里否？大舅豁達悠遊，是否仍然會回去大陸尋奇？丁家的上一代畫下了休止符，下一代多在美利堅合眾國，這些祖先事事兒就在此借我筆墨（Keyboard）絮叨一番。

補充一下，說起丁家，我還有一個名字叫做：丁晴，原因是大舅這位最照顧我的舅舅，這輩子最把我捧在手掌心的長輩，他的故事也是傳奇，老人家膝下無子女，曾經費心安排我過繼給他，早年戶政機關說改名必須要更改我從小到大所有的畢業證書，著實太麻煩才做罷。

喜歡文學與戲劇是家學淵源，細究追溯母系的丁氏祖先就是相傳《金瓶梅》的作者。

　　丁氏家族可以考證到從明太祖開始的一世，一直到老爺是第十九世。其中最值得記錄的部分是中國四大奇書（《水滸傳》、《三國演義》、《西遊記》、《金瓶梅》）之中的《金瓶梅》，這也是歷史上第一部文人獨立創作的長篇白話世情章回小說，也是明代流行的艷情小說，作者姓名不詳，只知筆名為蘭陵笑笑生。由於詳細描述了古代市井平民的生活和社會現實，歷來研究的學說不少，統稱為金學（資料來源：維基百科）。

　　而這姓名不詳的笑笑生之名也因《金瓶梅》而傳播開來，學術界對於其作者一直有不同觀點，有五大說：王世貞說、屠隆說、徐渭說、李開先說、王稚登說。

　　山東學者王夕河以其母語膠遼官話諸城話印證書中的方言詞，指作者是「丁惟寧」，並提出「蘭陵笑笑生」就是諸城話「蓮廬修修生」。亦有《金瓶梅》是丁純開筆、丁惟寧完篇、丁耀亢訂正，祖孫三代完成的說法。好！我這裡提供的族譜就是丁氏六世祖、七世祖、八世祖的畫像與介紹（附圖），老爺則是十九世。這樣慎終追遠，或也能證明我「熱愛文字、企盼分享」是來自血液基因。

　　若說戲曲是老爺的強項，那我父親的強項則是音樂天賦。

| 丁氏第四十九支譜山東省諸城縣藏馬天台家乘直系年表 | | |
|---|---|---|
| 丁氏乃姜太公後代世居山東濟陽 | | |
| 夫 | 妻 | 備註 |
| 一世 推（隨明太祖起義）世居諸城縣丁家莊（俗稱懷子） | | p.14 |
| 二世 彥德 | | p.14 |
| 三世 伯忠 | | p.14 |
| 四世 宗本 | 吳氏、何氏、郭氏 | p.18 |
| 五世 珍 | 徐氏 | p.18 |
| 六世 純（進士）明孝宗弘治17年-萬曆4年(1503-1575)年七十三歲，山東學者認為純公為《金瓶梅》作者 | 劉氏、萬氏、聶氏 <br>聶氏畫像 | p.21 |
| 七世 惟寧（進士）嘉靖21年-萬曆39年(1541-1610)年七十歲。 | 紀氏、徐氏、田氏、僮氏 | p.21 |
| [自八氏祖起，子孫依五行土金水木火取名]<br>(火)八世 耀翼，萬曆15年-崇禎16年(1586-1642)享年五十七歲。<br>(火)弟 耀亢(1599-1669)，號野鶴，明崇禎年間進士（序p.13）為《續金瓶梅》作者，享年七十一歲。 | 趙氏 | p.23 |
| (土)九世 大毅，萬曆33年乙巳-崇禎16年壬午(1605-1642) | 聶氏 | p.23 |
| (金)十世 金睿（進士）崇禎2年-康熙31年(1628-1691)享年六十四歲 | 臧氏 | p.23 |

考察過萬年曆，發現爸爸的生日剛好壓線最後一天的雙魚座。果不其然，他會彈鋼琴，早期音樂入門則是在廣東興寧老家時期學了風琴，雖然是用簡譜，右手彈主音，左手合弦，天縱英明、無師自通，還會拉二胡與小提琴。爸爸的名言「一事通就萬事通」，音樂天分確實極高，可惜我們五個孩子好像都沒有被遺傳到；二姐會唱聲樂、小姐精研唱京戲秦腔、哥哥會彈吉他與跳舞，我則是各項跑龍套角色，都不如父親在那年代卓越出色，我想也是他這種浪漫情懷、身懷絕技，才能追到已經打出媒人不知道幾多次的媽媽。據說第一次上門的媒人從媽媽十五歲就來廳上坐著，我媽從不正眼看，爸媽結婚時兩位都二十七歲了！

　　那是個多產的年代，我們家五個孩子，據母親的回憶，她至少懷孕八次，所以父母的好感情不言可喻。

　　提到音樂，不免提起我的學琴之路，也算是「時代的產物」，在那個遙遠的年代有「學琴的孩子不會變壞」的廣告詞，恕我直言，在那個資訊不是很流通的年代，家中有鋼琴是可以做成另外一種人設，也是許多小女孩從小的夢想，小男生則是小提琴。學鋼琴不能只是夢想，還必須用一點小小心機，因為隔壁鄰居一直都是教會的兄弟姐妹（即便前手搬家，頂讓給後手也都是基督徒），於是週日上主日學就變成我的日常，我起床就是要上學或者有其他活動，也因為到國語禮拜堂就可以聽到美妙的司琴聲，小腦袋瓜子開始打如意算盤，想著「如果可以先會彈，就不

一定要買鋼琴，可以先到教會練習」，當時有親戚與教會執事熟識，情商我每週日聚會開始前可以練習，但條件是我必須自己拿鑰匙去開門，就這樣我央求去學琴先，再想辦法買鋼琴，恰巧這個時候二姐剛好從輔仁大學得到一筆獎學金，天從人願這筆錢就是我第一個月的學琴費用，如果我沒有記錯那是600元。

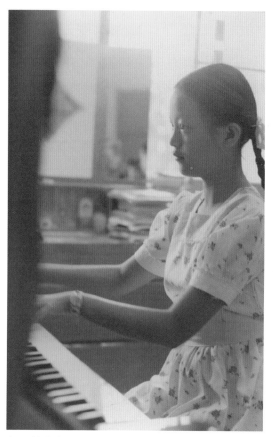

在琴鍵上為童年回憶作詩，稚嫩的臉龐但專注的眼神……匆匆半世紀。

學鋼琴真的太貴了！我印象中只有船長的女兒或是醫生的小孩家裡可以買琴，小姐姐當時念鹽埕國中，她的班上剛好有同學家長是得音佳鋼琴Deyinjia Piano的代理商（在當時幾乎所有學琴的孩子都是買山葉Yamaha鋼琴），可以給我們一個好價錢，媽媽為此也去標了個會實現了我的心願（註：標會全名是互助會，可以說是那個年代眷村的經濟行為，起會就像是現在的信用貸款的概念）。

民國62年10月25日光復節，我的鋼琴坐著小貨卡抬進了村子，媽媽說我開心得像小鳥飛進林子裡一樣，這樣雀躍飛鳥入林的愉悅感整整飛了兩三年！雖然我彈鋼琴沒有太大的天賦，只能說起初的學習過程，對於日後欣賞音樂打下了一點基礎，也是因緣際會採購了當時冷門的品牌，才有機會到當紅的「兒童世界」與贊助商合作的節目（上官亮主持），也是我人生第一次上電視，還見到赫赫有名的藤田梓，這段人生經歷非常特別。

民國64年（1975年）4月4日兒童節，因為接到人生第一個通告：就是上兒童世界彈奏鋼琴。媽媽為了我要上台表演還會被轉播，所以親手縫製了一件大紅的落地洋裝，他說紅色的衣服在鏡頭下面顯白。我開心的跟著哥哥姐姐一起坐國光號到台北。當天晚上我們住在孔伯伯永和的家，因為那天好像很多哥哥姐姐都在他們家玩，我還太小，就由孔大姐帶著我去西門町看電影，那天晚上是我第一次用立體電影眼鏡看片子，片名叫做《六犬大

盜》，杜賓狗在螢幕上努力的演著，我小小的心靈被整個台北的繁華所吸引。當天晚上還吃了牛排，真的是一個人生難忘的兒童節！沒有想到午夜風狂雨驟，因為孔伯伯曾是老蔣總統的侍衛長[2]，大家已經知道府裡傳來消息，家庭聚會提早解散，原本一個最快樂的兒童節，卻迎來了一個最淒清的清明節！

早上起床，晴天霹靂般的消息就是蔣總統（我小時候認為所有的總統都是蔣總統）駕崩！首先我們必須要先了解，我的兒童世界還要不要繼續錄影？因為當天所有的電視都已經變成黑白了，我還穿了一件大紅的洋裝，所以第一件事情就是把紅洋裝裝在包包裡，我們穿著黑白的衣服，一早先趕到表姐家，因為表姐夫那個時候是土地銀行的官員，也許會有進一步的消息。得到的資訊是我們還是可以去華視錄影，但是播出的日期已經沒有辦法知道了（後來的答案是半年以後才播出）！

大表姐幫我化妝，哥哥姐姐帶著我坐公車去華視，我人生第一次知道世界上有一棟大樓叫做大陸大樓，從那裡下車走到華視，短短的一段路程，卻在這段路程之中聽到所有的電視廣播通通播放著總統蔣公紀念歌，不可思議的是前一天總統才去世，第二天紀念歌都出籠了！4月5日的版本，還是那個非常淒慘的長版紀念歌，大概後來的政策是不可以再如此哀悼了，才出現第二個

2　孔伯伯曾任老蔣總統的侍衛長（1969～1972），1975年老總統過世時，孔伯伯人在高棉，當時他是中華民國駐高棉的全權代表。

比較輕快一點的版本。我一面聽著總統蔣公紀念歌，一面在腦袋裡面背譜，才學了鋼琴兩年就要上台表演，還要被轉播，還好我小時候背譜能力還蠻強的，只是這個畫面太衝突了，這麼難得來到台北一趟，卻碰到了千年難得的國殤。

還好兒童眼中的世界總會找一些自己可以開心的事情，我的錄影棚隔壁是創下收視長紅的連續劇《保鑣》的劇組（《保鑣》在台灣播出時造成轟動，因此播映期間不斷延長，動員了三百多名演員參演，並曾外銷香港播出）。我看到女主角張玲，也是第一次吃到劇組的便當。《保鑣》當天還是繼續拍攝，跟我的情況一樣不知道何年何月才可以播出。

近年來，我重新開始了我的粉墨人生，原本對於京劇只有兒時的印象，都是全家人在討論哪個角兒好？哪齣戲適合什麼節慶？很像是慈禧太后以前挑戲看似的，場景複製在民國後的台灣寶島上。

我是全家嗓子最粗獷的孩子！小時候被三舅舅取笑：小明明（我的小名）以後如果能唱，也是唱個花臉。所以當大家在玩扮戲的時候，我了不起擔任個馬童或是汾河灣的薛丁山（薛仁貴在戰場立功受爵，回鄉探望柳迎春，行至汾河灣，恰遇薛丁山打雁，見其好箭法，正在驚訝，突然一猛虎奔至，薛仁貴急發袖箭……）我的小姐姐聽戲聽上了癮頭，她有副好嗓子，又是真正的熱愛表演，終其一生都在努力票戲，其樂悠悠。當她前幾年不

2016年小姐姐飾演西施。

幸香消玉殞離世以後，家裡再也聽不到鑼鼓聲，驟然若有所失。

　　看到別人打得一手好毛衣、寫書法的寫書法、畫油畫的畫油畫，還有到我們這個年紀的朋友拉大提琴的、拉小提琴的、彈鋼琴的，還有人開個人演唱會開到快發片的、有人退休後去當演員的、廚藝厲害的、體育登峰造極的……真的是要逼死人了。是不是到了這個歲數都要開始發展小時候沒有做到的事情？想著我就來接著小姐姐的興趣，於是不再猶豫到底我是一個搖滾靈魂？還是一個古老靈魂？總之要演什麼像什麼，真正上了戲以後才發現扮京劇的好處是不論你到了七十歲還是八十歲，只要上了頭套紮

| 2 |
|---|
| 3 |

1

1 在老家前院的「榮榮與明明」（小姐姐與我），身上穿的紅呢與
　黑絲絨洋裝都是舶來品。
2 小姐姐大學畢業就演過《白蛇傳》。
3 我扮上杜麗娘拍照。

起頭髮，整個都不用拉皮了。

　　真正開始挑戰自己是從愛唱戲的小姐姐離世以後，我知道我
若不去學，這輩子是不會再有人跟我談戲了。在此感謝我的京劇
老師錢宇珊，她盡心盡力發展京崑戲曲文化，在百忙之中還陪著
我「寓教於療癒」，面對中年失去親姐的日子，其實說是學戲，
不如說是我找到一個轉換思念的方法──當胡琴聲響、鑼鼓點一

落，該在台上怎麼演就是要有板有眼，人生舞台不也如此？

我竟然從一個熱門音樂熱舞跑趴的咖變成喜愛絲竹鑼鼓的戲迷，凡事總是在失去以後才開始珍惜。希望在生命的秋天仍能欣賞到秋意的跫音。

我有三個姐姐一個哥哥，最小的姐姐卻是第一個離開人世，生命不在乎長短，而是要活出最精彩的自己！小姐姐對於藝術追求那份執著，不是一般人可以想像的；應該說她的生命中自十九歲進入中國文化學院（現在是大學）戲劇系國劇組之後，就開啟了她一生追求的戲夢人生。她是少見的好嗓子，青衣花旦都能唱，如果自小坐科真的可能會成為名角。

後來她在史紫宸老師的教導下又開啟了草書的世界，她還參加了高雄市書畫協會，除了書法又開始作畫及參與展覽，在藝術方面的天分是有目共睹的。

謝謝她對於我們家庭的付出：要不是有小姐姐在老家鎮守，我們也不能在台北、在美國發展我們的事業與新家庭生活，同時她也費心照顧晚輩；在最後接受治療的期間，非常堅強的對抗病魔，不僅開了書畫展，還是撐著每週要出門唱戲。記得她最後告訴我還想唱完《白蛇傳》，我自告奮勇說我來唱青蛇，她卻回：那妳要減肥！⋯⋯其實她在三十多年前就唱過《白蛇傳》，可惜我沒能演到她身邊的青蛇⋯⋯永遠記得她教過我《四郎探母》中

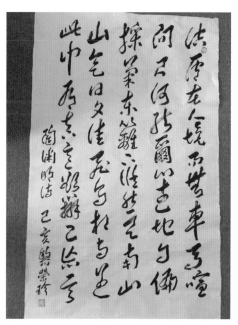

小姐姐的草書。

的那段「鐵鏡女跪塵埃囑告上蒼」，帶我去考國劇組術科，因為
她進國劇組實在太風光了，怕我若學科馬失前蹄，至少還有大學
可以唸。放榜後我考進了淡江中文系，所以沒有「繼承衣缽」去
文化大學念戲劇系國劇組，這倒也好，因為我的嗓子跟她真的無
法比。

　　大學畢業後她的生活重心就是找戲、聽戲、學戲、票戲……
寫書法、畫國畫，生活單純且執著；現在已經脫離肉身病痛，應
該是一路得到滿堂喝彩在藝術天堂Bravo！

因為父親的船艦帶來母親一大家子，我有記憶以來，每天睡醒睜開眼，就會看到包含我在內的十個人，外公、外婆（我們喊老爺、老娘）、舅舅、爸爸、媽媽、大姐、哥哥、二姐、小姐，記憶中每個人都有自己的專屬影視愛好。

　　對我們來說，建業新村占盡天時地利人和，為什麼呢？因為村子與鄰近專門上映國片的中山堂，步行只需十五分鐘；與上映西洋片的中正堂距離較遠，得搭計程車或坐公車前往，下車後還需走一小段，但是為了看西洋好片，我還是會騎著腳踏車去追片。除了可以欣賞中外佳片，還可以進電影院吹冷氣，一舉兩得。在南台灣的炎炎夏季，可以有這種五星級的享受實在是小確幸！現在一張電影票300元左右，小學六年級那時只有4塊半。

　　瓊瑤全系列的電影在中山堂都看得到，瓊式電影可是深深吸引了我這個小學生的眼球，著迷的並非是男情女意，而是電影場景中出現的咖啡廳，每每都會有看起來就很美味可口的佳餚！對於天使蛋糕、魔鬼蛋糕，若只能於「文字」品嚐那多可惜！當然是要「有畫面、有真相」，因此對我來說，電影院可不只冷氣，還有美食，中山堂就是我的奢侈享受。

　　因為家裡在市區開了餐廳，所以在一般小孩子拿著零錢在村子吃麵攤的時候，進高雄市區卻早已是我的週末日常，爸爸會在緯十二路軍校路口攔計程車到鹽埕區，司機大多喊價40元，爸爸也回價打個八折（現代人已習慣跳表與App支付，大概很難想

像），耳濡目染，我不僅學會了數學上的打折概念，小小年紀也學會了點菜，特別是到了自己家的館子：鹽焗雞、炒炫光（客家話，就是內臟）、蠔油蔥爆牛肉……等，簡直是活菜單。

不知為何，餐廳裡面的米飯就是特別香，至今都還記得那一種「一盤熱菜端上桌，搭著蒸騰的米飯，菜飯齊香」的感覺，場景上還有配合由左至右「冷氣開放」四個正楷大字，那才叫做中式館子。

新陶芳是正字招牌，全國第一家，後來慢慢看見的各種「陶、桃」字的餐館出現，還有「新新陶芳、新新新陶芳」這種，把「新」加疊在前面的。這些店家並非見生意好硬抄襲，大多是新陶芳歷任廚師出去開業的，儘管那個年代沒有商標權的概念，但越是嫡系、越是開枝散葉，越能顯得「我家這家」才是源頭，是當時最著名的粵菜／客家菜。

餐館開業是民國45年，爸爸找了廣東老鄉客家菜大廚開的，也是從那時，粵菜著名的「鹽焗雞」開始名揚四海、有口皆碑，通過五、六十年的傳遞，飯店、餐廳、市場、量販，各種版本做法都有。

想一想，若算起來，我好像也說得上是個當時的「富二代」（對成長記憶感到富足的富二代）。

# 桂花玉蘭茉莉茶花與相思樹

王菲的歌飄盪在光的院子：

還沒好好的感受　雪花綻放的氣候

我們一起顫抖　會更明白　什麼是溫柔

還沒跟你牽著手　走過荒蕪的沙丘

可能從此以後　學會珍惜　天長和地久

有時候　有時候　我會相信一切有盡頭

相聚離開　都有時候　沒有什麼會永垂不朽

可是我　有時候　寧願選擇留戀不放手

等到風景都看透　也許你會陪我　看細水長流

還沒為你把紅豆　熬成纏綿的傷口

然後一起分享　會更明白　相思的哀愁

還沒好好的感受　醒著親吻的溫柔

可能在我左右　你才追求　孤獨的自由

　　還沒有走進院子，就可以先看見相思樹，這就是歌曲中的紅豆。「紅豆生南國，春來發幾枝」，也是《滿江紅》中的「拋紅豆」，漂亮的豆莢，盛裝的是飽滿亮麗的老樹種子，從種下那一刻就開始準備結子，樹下總是有許多愛撿豆子的人，不論是仲夏揮汗、冬日迎風，蹲在地上一顆顆的撿著一種童趣，我們更是感謝這棵老樹，很公平的院子內外都會落下相思豆，這樣我們可以

在前院就拾得晶瑩剔透的相思豆，不用跟在圍牆外面撿拾的民眾爭寵，光的院子裡外都有一番風景。

四季更迭的腳步似乎追著倉促的人生，檯面上的蘭花映著雲朵當背景，自幼時一路怒放至今，活靈活現的真像蝴蝶即將飛舞起來，搭配著舒曼的《兒時情景》OP15鋼琴聲[3]，梳理著城市中的車水馬龍，心思卻回到老家每年都養蘭。

蛇木上的石斛蘭是珍貴回憶，蘭花與春聯是家族年節拍照永遠的場景，院子裡空間不小，可以種很多瓜果蔬菜，南台灣陽光的加持下，它們總是長得特別好，長成一派悠閒爬牆頭的大葫瓜，開始有高鐵以後總是把大葫瓜「南瓜北送、產地直擊」回台北，若是時間足夠，當然現場就地烹調，滋味鮮甜，自家食材才是王道。

我的大舅，是我生命中非常重要的一章！他出生於民國前1年，所以不折不扣是個清朝人！從小的時候開始就跟我說許多教科書上沒有的觀念，明顯的舅舅是親曾國藩老派，對於保皇黨康有為一派部分認同（雖然康有為、梁啟超的革命派才有的民主憲政，在當時的確很難發展），他稱國父孫中山先生為孫大砲（這些思想在那個時代是會被噤聲的），從一個剛剛點上電燈的世

---

3　舒曼（Robert Schumann, 1810~1856）在創作鋼琴曲集《兒時情景》的時候，同時在給克拉拉（Clara Wieck Schumann, 1819~1896）的信裡說：「寫作這些曲子讓我又回到了童年」。

代、活到使用ipad時代，百歲的他看盡所有人間風雨，最重要的是，他的一個世紀是紮紮實實的活過，耳聰目明，腦袋清晰，離世前臥床時間不長，在所有小輩圍繞之下離去。

大舅的一生充滿戲劇性，我從三舅寫給他的詩文中坐實了小時候聽的傳奇故事：

「積雪盈庭日色昏，豪梁強架震人魂，舅翁仗義風霜道，
　兄長羈身飢餓村，倭寇鳴鎗毀盜穴，長庚引路到王門，
　花園夜作金錢卜，孤雁歸來有淚痕。」

這是真的要來上一段「民初龍捲風」。

話說山東省諸城縣這個地方，說大不大、說小不小，在歷史上出了一些英雄俠士，也有一些風流佳話，外婆的娘家就叫孔故庄，因為孔明雖然是發跡在他鄉，但他是哥哥帶大的，是琅琊人士，也就是當今的諸城縣。還有大家可以看看《水滸傳》中許多江湖俠士也大多在這一範圍走跳，也就是黑白兩道都混得很兇的地方（科舉制，諸城出了很多大官幕僚，文後會提到我的外婆娘家舅公就是劉墉劉大學士），這是官場的部分。

杜撰的章回小說《金瓶梅》相傳是老爺家的六、七、八世祖，祖孫三代完成，其中潘金蓮風騷描寫也是以諸城附近為背景；後來的四人幫，攻於心計的江青，她也是山東諸城人。

最厲害的是，恐龍出土地是諸城縣（現在當地已經夷為飛機場了），不再冗述地理背景，老爺因為家大業大，民國25（或26）年冬天，當大雪紛飛時，丁家傳來了一個噩耗，就是大少爺（大舅）被土匪綁了去！家人忙不跌的將書信送至廳堂，老娘一聽就快要暈死過去，大舅十四歲被家中逼著娶母大姐，想要趕快傳第三代，後來第一個大舅媽劉氏因為小產去世，又趕著三年後快快娶了第二個賢淑聰慧的舅媽王氏，可能是辦喜事也招搖了些，世道又不好，讓土匪們殺紅了眼，竟然做出綁票的案子。大家很怕收到的警告是從肉票身上取下的「樣本」，幸好只是要贖金，還沒有動粗！

　　舅老爺（舅舅的舅舅）自告奮勇要上山去跟匪徒協商，因為要求的金額太大，家裡一時湊不上數；對於當時是否有報到官府已經不可考，但是時局這麼亂，警察也都被抓伕當兵了，大家都要靠家丁自衛隊的時代，舅老爺上山協調不成，眼看著大家都亂了方寸，有長輩在後院裡拿出金錢卦來卜，說是「孤雁歸來有淚痕」，這也算是個吉兆！但是湊不出這麼大數，要怎麼樣才能讓孤雁歸來呢？七嘴八舌商議半日又遲疑了半晌，這時竟然傳來日軍進城的消息，日本兵打來了！土匪也抵擋不住，老家人長庚很有sense的衝上山去看看大少爺會不會趁亂跑了，還真是給他猜中，在半山腰發現了成功脫逃的舅舅，直接帶去大舅媽家（王門）休養生息。

大舅經歷了大難不死，又在全家搬遷到青島以後，與繼室王姓舅媽過了幾年如膠似漆的日子，但是天不從人願，舅舅得了當時算是非常不容易治療的腹膜炎。

雖然青島當時是德國租界地，醫療相對發達，但是開刀還是要用火鉗處理，基本上很難復原，大舅媽衣不解帶的照顧大舅，誰料在舅舅痊癒之後，舅媽卻因為過勞去世。也就是因為連續兩位舅媽的去世，大舅舅說自己是和尚命，發誓終身不再娶妻！他活過百歲卻沒有留下後代，清心養性也是另外一種福報。

大舅伺候雙親至孝，對小輩慈愛有加，身教言教印在我們眼裡，所以我們兄弟姐妹也都各盡所能來孝順老人家，彼此互相扶持。他不常看電視節目與當代的新聞，偶爾看的時候也會批評，很早之前（一黨獨大時）他就是一個異議分子，對國際時事與台灣現況，分析得鞭辟入裡。記得有幾個節目是他必看，年輕時有一個節目叫做「還我河山」，後來因為政治考量，怕許多人太過於思念大陸，這個節目被禁播，那時連京劇的《四郎探母》都不能演出，後來他便只看李敖的節目。

看電視之外，他還會找各種書籍來參考，他也是「大陸尋奇」與「八千里路雲和月」的最忠實觀眾。

不僅喜好歷史，大舅還會研究地理，書房裡總是掛著世界地圖，一次我問他最近在看啥？他說在看俄國地圖，真的是非常有

意思的老人家，我有許多的歷史地理知識是來自舅舅口述，比方說他喜歡研究亞歷山大大帝，在我很小的時候就跟我說，要不是亞歷山大以為印度是中國，以為他自己已經征服了世界，少了拚搏的精神，整個世界歷史都會改寫。現在想想，家有一老真的如有一寶！我在他的腳踏車上學會的「塞翁失馬焉知非福」受用一生。太懷念我的舅舅，在描寫他的種種時滿滿都是我的孺慕之情，難以言喻。

後來在整理他的收藏時發現他自己寫了一些詩句，全部都是懷念故鄉，與他的各種情思。他的人生雖然破百，仔細算算在兩岸居住的時間，他住在建業新村的年月已經比諸城加上青島還久，有多少渡海來台的上一代啊！最後哪裡是故鄉？哪裡是他鄉？

三舅曾在他的詩中提到「妙筆丹青傳外公、素絹和墨寫玲瓏」描寫愛畫畫的大舅。老娘（外婆）的父親也都是讀書人，在諸城一帶是世家小姐，而老爺家中多有田產，但是比起文采來李家是比丁家還要被縣民稱頌。老老爺自大舅幼時便教他畫畫，二舅、三舅和媽媽雖能唸書，但是繪畫的天分都遠遠不及大舅，我母親善於繡工，常常是大舅畫了花樣子，媽媽來繡（媽媽的名字還是繡芬，這也算是人如其名吧！）

當我看到金庸小說中周伯通左右互搏，就讓我想到大舅可以左手畫右手、右手畫左手！除了丹青之外他還擅長於金石，記得

當年我考上大學的時候，他就幫我刻了一方石頭印章，睹物思人，還好有留下這份念想。

　　相片中這張捲軸畫作是他老人家1996年（民國85年）元月，我與子亦即將結婚，舅舅難得北上，他說沒有什麼金銀珠寶可以送我，畫了這張畫送我。我不知他花了多久完成的，但是算算他畫這幅畫時也有八十四歲了！落款「玉堂春曉」，畫面中有一對喜鵲在樹梢玩耍，他說左邊在花間玩耍的是我，姿態很容易看得出來是母的，右邊則是公鳥，他要守候著母鳥。（我可以更加闡述男生要加強保全、負責賺錢……等等）因為我是舅舅永遠的寶貝呢！就只要在林間盡情玩耍吧！

　　我女兒小時候最愛挨著舅公照相，我們也總在左營高鐵買盒舊振南餅給他，快一百歲的他還可以吃得津津有味！每當他老人

《玉堂春曉》是年近九十的大舅送給我們的結婚禮物，他偌大年紀還可以駕馭工筆花鳥。

家看到我帶著女兒回老家，一定堅持要去左營大路上的三商百貨買玩具給她。當然看到我也永遠只問那句「妳快落嗎？」，「快樂、快樂」，前半輩子被大舅捧在手掌心，當然「快落」，大舅的身影、聲音、臉上的皺紋、手背的青筋、外套的味道，髮油用丹頂髮蠟，連拿下來用牙刷刷假牙的姿態，我都記得清清楚楚。

我被舅舅呵護長大，那是被捧在手掌心的疼惜。他用整個生命的養分滋潤照顧我，當我有一點點不舒服時，他會細心的打軟柑橘做成果汁給我喝，幫我剝去水煮雞蛋的殼，準備好味全醬油露幫我補充營養；騎著他的腳踏車送我上下學，直到高中他實在踩不動踏板才打住（曾經因為我不要讓他載上學，他隔天就生病住院，這真的把我嚇壞了！原本是為了同學會笑我：這麼大了你還懶惰讓舅舅送。殊不知送我上下學是我們獨處的時光，他可以講故事給我聽，我們還可以沿路撿螺絲釘），經過這次住院事件以後我笑罵由人，好女我自為之！照樣坐上那台載著我長大的腳踏車。

大舅在案堂上練習書法、刻金石印章、畫花鳥國畫，在房間博覽群書，在園子種菜種花，在小盆育種植苗、在大玻璃缸釀葡萄酒、在過年期間碾米做年糕，每一個舅舅「在」的期間，都豐富了我們的人生，照顧著全家的起居。舅舅可以說是自己保養自己的最佳典範，因為曾照顧過老爺老娘的後半輩子，那時他過得真的非常辛苦，24小時照顧兩個更老的雙親。我從小就看到「老

人照顧更老的人」的畫面，也同時注意到舅舅如何保養及練功，甩手就是他的絕活！上了年紀以後，才慢慢了解為何全家吃完晚餐後，他總是閉著眼睛、舉起雙手甩動，或空中抓舉，約一兩個小時從來沒有間斷！有了院子，不用上健身房，肌肉滿滿、頭好壯壯，身體硬朗頭腦清楚的超過百歲。

正如同詩句中：從今敬業「明心見性修前世、悟覺參禪化後身」，而後順意「扁舟載酒返鄉去，重整家園夢大羅」，他自己修身養性，對小輩關懷慈愛，我的生命因為有著大舅（後來跟著小輩叫舅公），安全而溫暖。連鬼都不怕的他，從小訓練我成為黎大膽（他的方法是說著「抓個鬼來看看」。因為院子隔很遠才有廁所，夜裡上洗手間都得摸黑一段），有的時候我忽然聽到聲響，還會很興奮的跑去舅舅的房間說：「趕快，我們去抓個鬼來

1 ｜ 2

1 是我人生中非常重要且最愛的一張相片，大舅（後來都跟小輩兒叫舅公）載著我的腳踏車。打從記得事開始，我就像是長在這台車上，被舅舅寵著愛著是捧在手掌心上長大的！
2 我已經在社會上工作，但在舅舅身邊永遠是孩子。

看看！」

　　舅舅喜歡的影片是西洋片《大河戀》，因為兄弟之情是他一世的懸念，最難過的事是三舅比他早走這麼多年，從我有記憶以來他就經營灌溉著老家的院子，如果今天是寫一個光的院子的故事，院子就是每天在他的灑種整理之下都會有驚奇！有新的花種撒下就有花枝綻放的嬌豔，菜種撒下就會有新鮮蔬菜在我們的盤子裡，院子有過枇杷、櫻桃、芒果，以及園內長年的香椿樹可以隨時拌豆腐，舅舅是綠手指！我也是被他一寸寸捏養大的。思念他的時間與空間不打一處來。

　　「風花雪月詩酒茶、丹青書籍氣自華」，優雅慈祥的身影，永遠落印在所有小輩的心裡。

百歲人瑞仍能看報紙。

第三章
光的斑剝，
往骨子飄思念

# 自製遊戲與難忘的眷村節慶

我們的家族遊戲：狀元籤（又名狀元籌）。從小，外公、外婆、大舅、二舅、三舅都會在一塊兒玩；現在科技進步，上網就可以彩印下來，把它擺放在光的院子，不僅激起回憶又能複習玩法，格外有意義，還能教教感興趣的朋友。

隋唐時期，中秋秋闈會考，士子們發明用六顆骰子玩的遊戲，一面娛樂、一面猜誰中狀元，而後再由中進士的士子們帶到皇宮裡發揚光大！以32注為基本，多贏少賠，完全憑運氣，毫無技術成分（王子亦玩此遊戲常贏！他可是最不愛玩遊戲的人）。狀元32、榜眼／探花各16、會魁8、進士4、舉人2、秀才1（以上以注為單位），玩得雅緻，也玩得刺激。

按規則，可以一直搶上家，所以得到狀元也會被搶走，不到最後一注，真不知鹿死誰手。過年期間「標配」還有貼春聯、年夜飯、包紅包、買年花、玩牌局、夜守歲，通通到齊，一點都沒少，樣樣做好做滿。現在倒是放鞭炮被禁止，轉個念，少了爆竹聲除舊歲，那就當永保青春吧！

元宵節一定要吃元宵與提花燈，眷村每家的元宵餡兒各有千秋，我們家的元宵重點在於燒好滾水下元宵的時候會加上舅舅祕製的桂花醬！在園子裡種的桂花天然無農藥，他老人家細心的挑選大個兒的花朵兒，摘去會發苦的部分，再加上他調理的花蜜，

這樣底子下的元宵特別好吃！而我媽媽親手做的花燈更是一絕，記憶中她展現「武功」幫我做了蓮花燈與兔子燈，蓮花燈有圖有真相，應該是我四年級那年，旁邊裹著小腳的是我的老娘（外祖母），有關我外祖母的家世會在後面章節詳述。

我們小學時代提的花燈是用克林奶粉罐製作，鐵絲提把不好看又會燙手，蠟燭放在裡面，為了要顯示出光芒還要打洞，感覺很克難又不美觀；有美感的媽媽看不下去這麼難看的花燈，所以親手幫我做了蓮花燈，她將買水果的竹簍反過來，再剪裁皺紋紙，一片片的用漿糊黏上，做出一個蓮花的造型；我在相片中身上穿的粉紅色背帶裙也是媽媽特別為了元宵佳節做的。牡羊座的

在與老娘元宵節合照的相片中，我穿了媽媽親手做的吊帶裙與親手糊的蓮花燈籠，老娘的全身衣服與小鞋（包括納鞋底）都是媽媽做的，很不容易。

媽媽很好強，輸人不輸陣！每一年都一定要我有新衣服穿著過年，所以徹夜踩縫紉機幫我趕衣服（想想她真的是超人，因為包完元寶都已經午夜一點了⋯⋯），反正大年初一我一定會有新衣服穿。

等到我越長越大才發現，好像全家過年有新衣服的只有我（媽媽好像只有幫我趕過年新衣），所以她常說她的一隻手裡面五個指頭，我是最小的那一隻，因此得到很多的愛。其實也是因為我太外向，大年初一一起床我就要去各家拜年，所以穿上新衣服就可以到處說是媽媽幫我做的。我會騎著我的腳踏車直接衝到緯一路，按圖索驥，每一條路上幾乎都有認識的老師或同學，一路拜到明德新村再轉回家吃個餃子，已經是中午了！下午就和小朋友玩放鞭炮，各式各樣的炮竹、沖天炮、甩炮，震天嘎響直到夜幕低垂⋯⋯這樣才算是我完整的年初一記事。

大學時代參加淡江大學相聲比賽，得了冠軍！我的相聲劇本是自己寫的，為了要學會「抖包袱」聽了許多相聲段子，其中有一段「吹打彈拉唱、畫畫帶照相、炒菜做西裝、土木油漆匠，樣樣我都強」，這應該就是描寫我娘親吧！她可以做出嚐過的菜，她會做打樣旗袍，盤扣鋪棉做棉襖，甚至還會做西裝呢！清末出身的老爺老娘穿不慣皮鞋，必須穿布鞋，媽媽戴上頂針還可以納鞋底（舊時鞋以布做成。鞋底是用十幾層布，用針釘縫密合，也稱為「納底子」、「納鞋」），她的手巧，還會幫我編辮子、發

明變換不同花樣，只是因為她實在太忙了，除了幫我梳頭以外，並沒有什麼可以聊天相處的時間，但是作為小女兒還是可以耍個花樣逗她開心。自從家裡有了鋼琴以後，我會搖啊搖啊的跳到她在廚房忙碌的身後，用好像幫玩具上發條的手勢，轉轉轉的忽悠她到放著鋼琴的房間，我用簡單的琴譜彈奏鐘聲（踩著踏板延長音），叫她閉上眼睛想像青島的教堂鐘聲，她那時的微笑儼然就是個少女。

桂花在空氣中瀰漫著甜蜜清香，菊花又是秋黃，滿滿的月兒掛在緯十一路中央，綿綿長長的團圓氣氛近年來化作烤肉香，老家的月餅長得可不一樣！快到中秋節的時候，家裡有一種香味是來自於翻炒芝麻，我記得芝麻油分成白芝麻、黑芝麻，兩種芝麻混在一起，還是用乾鍋翻炒，炒好的芝麻是為了要做月餅餡兒，而這個餡兒裡面有三寶：豬油、紅糖、核桃仁。

小時候核桃仁是買不到剝好殼的，快到中秋節的時候，舅舅就會在晚上我們看連續劇時，在飯廳裡面拿著山東人講的「賈氣」，仔細的取出核桃。至於紅糖，則是芝麻翻炒好後加入，接著慢慢化入豬油，最後才下核桃，光形容就滲出美味，更別提實際有多香了。

餡兒好了，總要有皮，負責月餅皮的是媽媽，她有支如同哈利波特魔杖的擀麵棒，千變萬化做出各種不同的麵食，饅頭、包子、花捲只是基本款，月餅竟還有熟麵（她的形容是酥餅皮）與

生麵之分，準備這酥餅皮得先將麵粉燙熟，不停的用擀麵棒來回操作，媽媽的一雙手就這樣一直擀麵到九十幾歲，還把擀麵檯拉到床邊來做麵，這就是她的愛，幻化成不同的麵食餵養一大家子，誰還能聯想她是大戶人家的大小姐呢？

千嬌百媚是她、柔情似水是她、仗義持家也是她。

媽媽是山東人，又帶著老人家一起遷台，餐餐主食都是麵點，所以印象中家中總有一個大鋁盆用來「和麵」（山東話「和」念ㄏㄨㄛ丶），盆裡永遠有一小塊面積，用水釣著一些酵母在發酵，廚房擺有高、中、低筋各式麵粉，成麵糰的也分生麵、熟麵，在母親手上搭配著做出新花樣，時常放學回家路中，遠遠就能聞到蒸籠飄香。

山東話饅頭叫餑餑，過年時水餃叫做元寶，還有另外一個名字叫「ㄍㄨㄗㄚ」，帶著蔥花的是花捲，包子分甜、鹹、肉、菜，搭拉在擀麵棍上的歲月，麵的長度怕已是拉出好幾座台北101。

抵台踏下軍艦後，媽媽就離不開麵粉，因為麵食實在做得太道地了，養慣了我的胃口，餃子若不是手擀的麵皮，便寧可放棄。從前覺得這是一種刁嘴，後來才知道這是一份念想，像孩子對媽媽烹飪的忠誠、是心中放著「媽媽最會做麵點」的崇高，彷彿這一生都認知：只吃媽媽的餃子、媽媽的餃子最好吃，只有媽

媽的餃子皮是手擀的，手擀的才接近媽媽的標準。是一份難以撼動，也無法隨時間流逝的愛。

吃著餃子，就永遠能當個孩子。

孩子的我，總相信有聖誕老人！

是吧！從小就有，我的舅舅每年都偷偷摸摸半夜來裝襪子，我還閉眼睛假裝睡覺。記得早上都是忙不迭地起來找禮物，看到雄獅36色蠟筆等，我許願的禮物都會神奇的出現，開心得簡直要飛起來！

聖誕夜，跟媽咪去教堂，好冷好冷的空氣，媽咪兩個口袋中各裝了一顆橘子，我的小手伸進她的口袋握住她，空氣中飄散著雪花膏與茉莉花的香味。直到現在，到了冬天就是在等過聖誕，還好有了下一代！對聖誕有了另外一種盼望。

仍然溫馨的聖誕，是我有了一位永恆的小天使，她貼心又細心，巧手創意的準備聖誕禮物給我們，她總是早早起來放在聖誕樹下……lovely angel, my Audrey, so so so touching！

Merry Christmas這個屬靈的感恩季節啊！感謝我身邊的人，感謝所有為這個社會無私奉獻的人。

談到過年過節，就不能不提起我們家的另一位大家長——外婆（老娘），上文已經介紹過老爺家的來龍去脈，丁家的家族家

譜清楚，除了慎終追遠，也讓後代更清楚自己的血脈，再來介紹一下我的外婆，她的祖先可是赫赫有名。

丁李雲貞（民國前的女人，有姓有名大多是大家閨秀，很多都只有某氏），老娘她是民國前21年出生（1890年肖虎），享壽九十一。她經歷過清朝的裹小腳時代，兒時記憶中的她移動相當吃力，得扶著桌椅。

因為她是名門出身，清朝末年好人家的女兒才會要裹小腳，但是這個封建時代的產物，非常匪夷所思！我曾看到她老人家脫

院子裡，也是我們聽老娘說故事的場景。

小學六年級，媽媽幫我綁好辮子，這一頭長髮，讓媽媽每天早上可以跟我一起編髮，一起講講話；記憶中，她忙進忙出，只有這一段時間是屬於我的，所以我一直不肯剪掉我的大長辮子。

下襪子洗腳的畫面，著實難以用文字形容，除了震撼還是震撼，何以在中國古代有這種不可思議的虐人行為？支撐著整個軀體很難行動，還好她的福氣好，前半輩子有丫頭老媽子，後半輩子有兒女伺候著，而且與老爺白頭偕老，是福壽雙全。

身為個性十分堅強的女性（如果說我是一個天生色胺酸充沛的人，應該是有遺傳到外婆），因為老娘屬虎、老爺屬龍（按生肖老爺小兩歲，生於民國前22年，1890年)，有次，佣人曾暗地說小話，說他們是「龍虎鬥」，老娘知道後，主動向全家說明是「龍虎配」，而事實也證明，二老自年輕到白頭，是標準「床頭吵、床尾和」的超級佳偶，一輩子親親愛愛。

因為老娘出生名門，所以意見表達在大家族裡面非常受尊

老爺左右手都能寫得一手好字！

重，李氏娘家的文化程度高，又是帶著好嫁妝進門，從進洞房的排場就出來了！跟老爺緣定三生的條件就是「終身不得娶小」，這樣的女性立場鮮明，聽說老爺剛開始非常不能接受，流連書房不進洞房，後來在老娘堅持之下也就從了，可能就是這個因素讓老娘決定幫大舅說親，也要說個某大姐（猜測），老娘進了丁家門之後，最重要的工作就是陪老爺玩耍！

說起來，這份工作也是挺新鮮，生了三男二女的她，孩子不用自己帶，每個孩子有專屬奶娘、學習有家教、家事有佣人、出門有司機、景觀有園丁、煮飯有廚娘，還有跟班打雜的丫頭使喚，十足大戶人家配置，只要整天想些新鮮花樣跟老爺玩耍，這也就是兩位老人家感情好到不可思議的原因。

當年兩位老人家都近九十歲了，晚上睡覺手牽手，很是恩愛，偶爾還會親吻。後來日本兵攻占諸城，丁氏家族收拾細軟從諸城到青島偏安，民國38年才登上了爸爸的中字號軍艦來到台灣（父親的軍艦總共帶了母親一家十口來台），老娘的一生夫妻和睦，兒女盡孝，真的是五福臨門的老人家。大時代的變遷，家中老人們還可以隔岸猶唱後庭花。

母親原本也是個千金大小姐，跟隨部隊來台灣後什麼都得自己來，要照應老爺老娘的心情、家裡每逢節慶都要按照祖制擺供，擺三家供、祭灶迎神、端午粽、中秋餅、春節年糕，全套自製、賞花時節、賞玩入菜（曇花裹粉沾糖吃、菊花去蕊下火鍋、

桂花玫瑰釀蜜醬、茉莉加茶成香片）。老娘的腦子就是一本黃曆，該什麼時節、做什麼事，非常厲害，舅舅與媽媽的生活期程是跟著老娘轉，何時打棉被、曬書、曬畫、曬扇面、蘭花排排請老爺出來賞花（老爺則是負責研究大戲考，什麼時節聽什麼戲），盯得很緊，老麵發不發、饅頭蒸多少，都得要跟她報告。

老娘的記憶力很強，也喜歡跟我們說故事，到現在我的中國版童話故事，還有很多她跟我說的畫面，形容詞非常有趣：一雙烏米筷，兩個餑餑，很多兄弟上山打老虎遇見老妖的精彩對話，活靈活現！

在玩牌還是穿著海幼幼稚園的圍兜兜，專注的玩著接龍、抓烏龜、十點半。很小我就會打撲克牌（沒有往這方面發展是不是可惜了？）

就是因為家中老人太多，我到幼稚園去上學並不太會說國語，人家說「腳」我說「絕」，這樣的語言環境的確很豐富，我到現在還常常賣弄一下，遇到來台旅遊的山東團體我可以上前攀談幾句，他們都以為我是從山東嫁來台灣，我都說是老娘教得好。

媽媽非常愛老娘，因為太想念她，並不讓小輩喊自己老姥或老娘，而要大家喊「阿嬤」，說是入境隨俗；但是我們都知道，只要是講到「老娘」，就是專有名詞。

寫到這裡，想到老娘在床前的祈禱詞：「彌陀佛、大聖神、救苦救難救民，救得民人脫了劫，永遠不忘佛的恩，彌陀佛，彌陀佛。」這鄉音縈繞在我腦海，歷久彌新。

## 逐漸凋零的外省族群老眷戶

濃厚的「鄉音」大概是外省長輩們在許多人眼中的特徵，例如講著「拿些」卻是指「那些」，村子裡面各種口音都有，其流傳度感染到我們小輩兒都會順口「拿」起來。

眷村的孩子，都可以說是「隔壁家」長大的（不分彼此的到鄰居家串門，有時徐伯伯、有時唐阿姨，有時別人的孩子也喊著母親黎媽媽），現在緯十一路光的院子對面，一家開永生花店的

老闆，是我最早的手帕交，當年也常在吃飯時流連於他們家，時常接收阮伯伯聽著蔣光超〈揚州小調〉的耳濡目染，我「說學逗唱」的細胞之所以能夠發揮，就是這樣來的。

現在想想，那小調的內容非常流氣，極盡插科打諢之能事，五歲的我也聽得有滋有味、琅琅上口，回到家後竟還給家人唱了個全版！說也奇妙，那是我第一次被修理，恐怕是唱得太傳神，媽媽一抓起蒼蠅拍子就直向我招呼，小孩哪懂這些，頓時丈二金剛摸不著頭腦，心想：「好好的唱個小調，為何也能挨上板子？」至於內容是什麼，你可以將之當成那個時代的外省版豬哥亮，所以「拿些」打都不是白挨的呀！順道一提，在YouTube上也找得到這張專輯。

2008年是特別的一年，才成立三年的YouTube，在這一年被富比士推估營收超過2億美元，而大舅在這一年（民國97年）獲得表揚，為時任總統頒發百歲人瑞「敬老狀」，在珍藏的盒子中，裡面有大舅在日曆後面練的字，還有我的畢業照，日期停在民國98年9月2日（2009年）。很寫實，因為9月9日重陽節是我們家族嶄獲豐碩「獎品」的日子，小時候家裡可說是杯盤、毛巾滿屋，多是敬老禮品（畢竟老爺、老娘、大舅、爸爸、媽媽通通過九，大舅還破百），除了父親九十二歲失智（九十六歲離世），上述這些長輩高齡時，各個都腦袋瓜子清楚，這真的很令人欣慰。

女兒開心的跟舅公領紅包，兩人歲數相差快一世紀。

　　提到老人家，便不能不提提緯十一路上將軍的豐功偉業與眷村場景。一般人的心裡面對於眷村的記憶、或是連續劇出現的場景，多半是《竹籬笆外的春天》那般，如前書所提，建業新村與明德新村的屋子，是源於興建給日本軍官的官舍。很自然的，中華民國海軍也將「大將、大佐」的屋子，分配給立有戰功的將領；不遠的合群新村，也是許多將軍的家，如黎玉璽將軍就曾入住。

　　而在建業新村的將軍，首先要介紹的就是名將孔令晟，居住於光的院子一點鐘方向，孔將軍曾經是海軍陸戰隊司令、警政署署長、總統府侍衛長，也曾是駐馬來西亞代表，住在建業新村時

還未當司令。他是孔子的後代（山東曲阜人），記憶中村子裡戰功最顯赫的就是孔伯伯。

　　對我們這些小輩來說，這位戰場上的大英雄、軍隊中的大長官十分慈祥，而孔媽媽總是旗袍打扮，優雅端莊，因為將軍家中配有勤務兵（我們統稱班長）負責打掃、煮飯，也配有司機（年輕的義務役或汽車大隊）駕駛黑頭車或吉普車，因而不用操持家務，出入有汽車的孔媽媽看起來又多了幾分高貴，是真正的將軍夫人。

　　如果拍起電影來，將軍夫人都很美，而且會有比明星花露水更香的味道（我媽媽是茉莉花、旁氏雪花膏的香氣）。孔媽媽是福州口音，每年過年時都會準備紅包，孔媽媽家客廳擺設井然有序、花廳有美麗的椅墊，脫了鞋、進玄關，我都會中規中矩的鞠躬拜年，無論到哪家都是，所以各家媽媽都愛我禮貌又嘴甜，有的賞糖、有的發紅包，將軍宅真好。

　　而與孔家的緣分可以跨海延續，孔德明哥哥全家與我二姐全家不約而同都留在美國 Rochester 發展，小時候是建業新村的鄰居，後來在紐約州也比鄰而居凡四十年，孔哥就是我們認識最熟的「官二代」，但是他溫文儒雅的氣質一點不帶驕，又是第一個送我大型絨毛玩具的聖誕老人，對我童年快樂回憶加分⋯⋯（粉紅色大隻的頑皮豹，非常了不起歐），這個故事告訴我們，如果要讓人記憶深刻，送禮物要從童年開始。

## 一步一回首無法忍受生別離

　　熱，打八方而來，眼前就是繡上了色的海，其實左營軍港是優良港，因為國防的關係，這海被圍了起來，兩岸的問題沒有解決，這海也永遠在我記憶中深藏。

　　傍晚的村子彩霞滿天，接下來會是半月盈空，散步到明德新村，通常會到小時候的鋼琴老師孫來青家附近逛逛，想起小時候沒練琴而不太敢進門的囧態；有時候人在院子裡，竟然會想跟空氣說說山東話，這些景物依舊人事全非的症頭，不勝唏噓……

　　是因為血型A型愛鑽牛角尖嗎？說到血型，又有一個當年的笑話！

　　小學時醫療院所派員到學校來檢測血型，我記得好像是要申請身分證，身分證上面需要填寫。當我的血型檢測出來是A型，

我的級任老師竟然說：「不可能！黎明珍不會是A型啦！」硬是再扎了一針。答案再次讓老師驚呆，一樣還是A型！我的個性活潑、主控性強，不是A型血的臆測表現，但是當我在中學生物課知道父親是AB型、母親是IBi血型的話，小孩是有可能A型的，也就不覺得老師的疑問是個問題。

與生俱來的浪漫，讓我一步一回首細數身旁親友的支持，他們對我大費心力修繕老宅總是殷切地真誠關心，卻也常表達不可思議（很少人會願意翻修一間五年後就會被政府收回／重新招標的老房子）。「只要發生過的，就存在！」是呀！我告訴自己這不是「存在」的真意嗎？回憶如此珍貴，趁著思緒仍然清晰，字字句句記下來留給女兒做為日後的念想，也為不復存的眷村生活留下可尋味的蛛絲馬跡。寫著寫著，都不知道已落淚幾回。

自從修建好「光的院子」，我都十分歡迎學子來參觀，也親自為其解說。左營高中每次約莫來20幾個學生，分批參觀光的院子，聽我講著故事。學生也一面「踏查」（應就是現在的校外教學），拍攝相片、影片、寫報告，讓下一代的年輕人了解眷村的來龍去脈，並且介紹建業新村的來時路，對於當年政府撤退來台、甚至日據時期的美軍轟炸……年輕的臉龐閃耀著求知的渴望，講著講著，又不知道是幾回的小確幸。

國防部遵循眷村改建條例，將原本886個眷村逐漸收回改建，一般來說，是可以解決老舊眷舍的問題，但是因為文化保存

的關係或者大多數眷戶不同意改建，則有些例外，總的來說，一共有13個眷村用不同的方式留下來。

建業新村是在合群與明德中間的村子，原則上緯六路以北是合群，因國防部的回收計畫，在民國90年左右幾乎都搬遷光了！現在只能看到圈起來的空地。要如何使用？答案還在茫茫的風裡，但是訴說著故事的老樹，每一株都上了九十歲，若是樹木有知，也會哀怨的看著現在的凋零。

據合群新村村裡的耆老說，當年此處是許多軍醫與海軍陸戰隊的眷舍，但當國防部宣布要大家搬遷的計畫時，合群是最早全村搬離的，只是因為當初沒有考慮到許多配套措施，以至於一大片的土地上面還有數十年老樹，所有的建物完全崩壞，無法修、無法認，目前等著「解方」，既可以保留地貌、又保全老樹；然而這著實不易，最後的結局很可能就是被國防部打包賣掉。

我想像了一下，到時的天空被大賣場或遊樂園切割，就算是現代美學的高聳樓房進駐，也都深深破壞了「緯一路到緯六路」的整個景觀。或許，又是那A型血液中的「想太多」犯了，每多想一次、就心痛一次。

緯九路到緯十二路的居民，分成了二十組跟國防部展開長期的官司對抗，打著「住者有其屋」的官司，我們也參與其中，不願意搬遷的理由無他，因為家中長輩多有健在，搬遷計畫啟動

時，甚至都還有三位近百歲的耆老生活於此，沒有院子是太殘忍的事情，官司一打二十多年，剛好強制搬遷的命令下來，父親也在當年安返天家。

帶著太多不捨的情緒，兄弟姐妹共同回來打包，我看著院子裡面的花草樹木，走到村子細數各家曾經的故事，泛黃老電影般的畫面一頁頁映出，有幾人能忍受這種明知將消逝，卻禁不住抓緊的生別離，那種心痛是隱隱的、深沉的。令人感謝上帝的是，高雄市文化局用《文化資產保護法》，將建業新村的地貌房屋保存下來，並且將之分為各個期別，再透過「以住代護」的方式保持原始風貌，且不會讓建築坍塌。

第四章

光的院子，
向時間說再見

## 文化局解套至少保住三條街

　　左營建業新村，源自日本海軍為建設南進基地，從昭和12年（1937年）開始籌劃左營軍港的構築，那是民國26年，也是發動對中國攻擊的一年，在昭和15年（1940年）4月正式動工：在文化局的官網上也寫出整個村子的結構與雙併設計，依照海軍接收組（民國34年到36年）接收營建數量統計，可分為煉瓦造及木造兩種，建物特色多樣，但空間隨年代的不同及空間需求，也有許多的建物改建為一樓平房或兩樓透天厝。

　　在文中提到日據時期的抿石子門柱，光的院子的抿石子建材（高約170公分圓方型，就是我小時候踩著橫條凹紋爬門爬牆的柱子），來到村子的朋友們可以來我們的柱子前面觸摸一下，跟其他家「山寨柱」不同，我們的兩個柱上還有釘痕是「省自來水牌」，有歷史的脈絡可尋。

　　村子的現代棋盤式道路，緯六路與緯九路道路交叉口的圓環，還有殘存幾個防空洞，可以想像戰爭砲彈落下時隨時要躲避的時空背景。

　　光的院子做到「賦予老房子新生命」，也讓新時代的意義延續到第三代的故事，在此展開……

　　2018年第一期「以住代護」的居民，在2023年重新評鑑，有

的繼續使用、有的沒有符合資格必須搬遷，核定標準在評審委員（第一期的住戶是由市政府文化局編列預算補助），而第二期的使用者多為民宿業者（大約二十二家），多數都取得了額外的五年使用權，因為計畫期間剛好碰到疫情，也讓許多投資尚未還本。然而，村子也在業者們的努力之下逐漸有了人氣！尤其每到聖誕新年，整個村子都被點亮了！我常常打趣地說，如果不能去合掌村看燈，大家可以到建業新村來看燈。

現在駐村的藝術家都是申請而來，還有綠色植栽與永生花的店家也化身老宅主人，手飾與服飾店，還有藍染與獨立書店、餐酒館與各式餐廳都逐漸營業，再加上世運主場館時不時的大型演唱會，五萬、七萬的群眾環繞在村子附近，曾幾何時我的祕密基地，也已經成為生活顯學。

是因為很多故事嗎？其實被保護的三條街以外，鄰近的村子在孩童時期還有許多鄉野傳說，特別是對「新建業」的記憶。

其實新建業指的是建業緯十二路以南新建設的小村落，占地小且密集，是比較晚申請眷舍者的落腳處，每次回到老家總會有不同的感受：一片雲、一棵樹，都有回憶與故事；開始有風聲說眷村要被收回去時，趁著傍晚跟哥哥一起帶狗狗Lucky放風，行經新建業，看到圍籬被噴漆噴上「蔡琴故居」幾個字（老實說以前從不知道），旁邊就是赫赫有名的游泳池（據說蛙王在此訓練），我跟哥哥說，我記憶中旁邊的水塔鬧過鬼故事，據說會浮

出老太太的影像！當年此傳言一出，水塔旁圍觀者眾，簡直堪比現在的網紅打卡地點，此事還登上了《忠義報》！

有人還記得《忠義報》嗎？村子裡停電停水的資訊都會刊載其上，印象中不是日報出刊，而且以前沒有派報通路，猜想應是逐戶塞入每戶的信箱中。對了，它是海軍主編主辦，我們家也訂閱過好一陣子，不僅是要看停水停電資訊，還要看中山堂、中正堂最新上映的電影消息，印象中訂閱費用為每個月75元。

我還記得有一對情侶洗鴛鴦浴，卻因瓦斯外洩過世一事也上了《忠義報》（印象中姓李），為何我記得？因為那時社會新聞太少了，我的閱讀量大、記憶力好，有的沒的事件進了腦袋忘不掉，付出的代價是只要一經過水塔，就立刻拔腿狂奔，騎車經過也覺得後座有人，原來的黎大膽此時卻變成軟腳蝦，原來記憶力太好也成了自己嚇自己的小劇場來源，絕非惡人無膽！

新建業還有張醫生，我因為愛吃叭噗（ㄅㄚˇ ㄅㄨ）冰淇淋，很小就得到百日咳，每日都要去新建業打鈣針，它與治白日咳相關嗎？才五、六歲的我打了很多針，原因是幼稚園入園時我十九公斤，記得醫生說只要我重量再多五公斤，就可以不用打針（一針頗貴）。我也不知道我記著公斤數做什麼，甚至直至今日仍搞不清楚那針打的是什麼？但是，誰小時候不是乖乖聽醫生的話呀！

打針的療程，再加上水塔浮現的老太太，若不是兒時閨蜜找我去吃米粉，新建業我是不太愛去的⋯⋯。

住在我們緯十一路最前頭的余家老三，我喊她余頭，能幹漂亮功課好！文武雙全大我一屆的學姐，我們曾「同是天涯淪落人」，因為我們都沒有考上雄女，但曾是護國神山高層的她說過，她對於高中的記憶是每天早上來載我去搭軍車；而我的記憶裡我們總是一起吃米粉湯，還有大人們非常不願意讓我們吃的豬肺。現在想起來，年少的味覺其實就是喜歡吃醬料的味道，我都稱那個紅艷艷的瓶裝辣椒為番茄辣椒——瓶口總是沒有將前一位使用者的痕跡擦乾淨⋯⋯

高雄市文化局「因住而生、因住而活」的理念開啟高雄眷村活化篇章，從第一期以經費補助修屋、第二期幫進駐眷村民宿做好天地牆，至2021年起結合市長陳其邁青年政策推出「青創HOUSE」，讓高雄眷村不斷注入新意，變身成民宿、藝術創作、共創辦公室、老屋修繕展示館、餐廳、園藝種植空間、手作教室等，都非常令人激賞！

而我們整建光的院子除了將美學盡量注入老房子以外，更是在說一個建業新村的故事，不遺餘力的邀請北部朋友南下，打卡拍照宣傳，也在《大叔》的書籍以及報章雜誌社群媒體宣傳造勢，希望左營建業的以住代護可以更提升知名度，畢竟相較起屏東勝利新村有在市區的地利之便，我們需要更多的活動曝光，之

前的五年是自住型的合約，接下來能夠營業，則可以繼續跟國內旅遊業合作（縱然在疫情期間，光的院子也已經免費的接待雄獅等旅行業者到左營眷村參訪活動），還有介紹老房子的雜誌已經陸續曝光。

每年聖誕節前後，建業新村點燈活動「光之眷」已經常見於媒體報導，許多人按圖索驥前來，攝影家沈昭良也來建業捕捉了許多畫面，日後會有更多的藝文活動在村子繼續發生！

# 再次重生拯救像廢墟的老家

在門前我們一直種著孟宗竹，1985年大三寒假，那時愛打扮的我拉著媽咪拍了過年照，她穿著親手縫製的旗袍入鏡，相差四十三歲的我們，宛如小腳與高跟鞋的距離，卻又是如此親蜜。

大學畢業後老家門前改種了相思豆，歲月如梭，轉眼三、四十年了！我們的相思樹長得好，已經遠近馳名，許多人來門前拾撿豆子，串成項鍊，如若「一豆即一念」，為大家把思相化成一串「看得見的愛」也是功德一件。具體看見重要嗎？為了修建院子，我們把屋頂上面舊的瓦片留下，新瓦朝前是迎向新生，舊瓦朝後當成跨越時空的一種念想。門前的樹下是一地落下的相思紅豆，我蹲下慢慢拾起，像是拾起許多回憶。

國中時，親戚幫忙轉戶口，每日必須從村子到緯六路市場等車，與其他附近眷村的小孩一起排隊搭汽車大隊的軍車上學，一路上會行經海軍一軍區、忠烈將士紀念塔，出南左營軍區大門，再往高雄市區前進。若沒有搭上軍車，就得騎車趕到左營北站，再轉搭五路公車。

　　高中時，那才是通車人生，或許是因為國高中時期都在搭車，所以大學畢業後工作，就選擇住在公司旁邊，省通勤。村子離市區太遠，車上看著車窗像是看了長電影，看到南國的夏天，蟬鳴與鳳凰樹上的花。

　　思緒也隨著車子前進，像走馬燈切換場景，人生的一幕幕向前刷閃，像見證了村子盛衰，現在院子從廢墟再建立，也像是為這齣「電影」拉出個轉捩點的橋段。

　　在「電影」中見證歲月的還有舊時前院的仙人掌，足足長了三個人高，而隔壁王媽媽的楊桃樹也結實纍纍，我的幸福是可以與童年接軌，陪我長大的人事物如今還存在，保有這一份珍惜，是我尋遍國內國外、行跡大江南北都找不到的。所以說，我的左營比巴黎強！

　　建業新村的地理位置很是「中庸」，介於合群新村以南、明德新村以北、自治新村以東，誰都不曾預料到：保有風貌的只剩緯九路以降。

永恆不變的是小時的印象，老家的輪廓、村子的街廓，最早以前，我們可以沿著大水溝探險似的「溯溪前進」摸著去上學的路，或是於新建業的小街小巷間穿梭，瞞著家裡大人偷偷去吃米粉湯、豬肺小菜（媽媽總說米粉湯都是味精，豬肺洗不乾淨），還有大熱天時隨手不點數的抓零錢、衝去吃清冰（五顏六色的四果冰雖然比較貴，但我不愛），對清冰的忠誠可久了，直到「心中巔峰之作」的蜜豆冰出現。

再次拯救我的老家使它重生，其實在我的人生之中很像穿越劇一般，這彷彿是我在俗世中懸而未決的危機，我好像外星人一樣困守在三度空間，雖然已經被時間推著過了一甲子，但絕不是拒絕前進的人類，人生早翻篇了卻一步一回首，不只是回顧，我還試圖翻轉歷史的深層慾望，為了合併記憶與創造未來，希望一切不只是南柯一夢！我可以真正的保護老樹、與有生活品質的老屋新生。

活在凝結的永恆時空，不受俗世律法的規訓，我努力保持狀態最好的屋況，盡量不受時間與空間的制約，不但讓我們的房子凍齡，我和先生兩人還可以南北瞬間移動，能夠透過父母親相識相愛、綜合國共內戰的歷史事件發生，在文字中經歷許多靜止的時間，在日據時代與國民政府來台的時空之中穿梭自如，從父母親浪漫到無可救藥的愛情，到現實得無以復加的眷村生活。

# 光的院子發揮創意藝術空間

初次來到光的院子，一定會對於相連兩間房間的菱形窗戶感到特別，就現代人的眼光來看完全沒有隱私，可是在眷村時代，全家人擠在一起，不太會有個人的房間，所以中間開個窗，讓光進來，空間感也大了些。

民國55年搬到這個家以來，每一間房間都住兩、三人，甚至還有住四人的紀錄，雖然有前後院，但室內實際空間僅37坪（圍牆內土地面積82坪），搬進建業新村以前，我們住在左營南區的「自助新村」，聽長輩說，那時媽媽都還要到村子外面生煤球煮飯，自助新村的室內空間非常小，可以說是前胸貼後背的格局。

這也是為什麼眷村大多歡迎國家改建，政府來台大部分的眷村屬於臨時性建築，也蓋得沒有章法，當國防部推出眷村改建條例，確實讓許多人因此受惠，但由於條件相異，也不是村村都選擇改建；而我們居住的建業新村與鄰近的明德新村，則是13個被留下的眷村中，環境條件算是頂好的。保留老舊眷村不僅是維護一座建築的存在，更是對一段歷史的尊重，對一種文化的傳承。這些眷村，曾是過去戰亂中遷移人群的庇護所，每一磚每一瓦都承載著他們的回憶與夢想。

緩緩步入光的院子，彷彿能聽見天地的聲音，不同於其他眷村處於狹窄的巷弄間。重新翻修的清水模牆面上，謹慎的塗上進

口撥水劑，刷掉遷移的痕跡，從衰敗到重建，訴說著一段歷史的故事。每一個正方形房間，保留下來的鐵窗花，都是時代的見證者，訴說著過去一大家子人的生活點滴。我們修建的不僅是一棟建築物，更是無形的生活記憶。外祖父母一家人與父母親來台，承載著特殊的歷史背景、社會變遷和文化交融。

剛開始搬到這裡時，我睡上鋪，下鋪是小姐姐，旁邊的大床是爸媽。睡上層是有含義的，只要掛上了蚊帳就等於有專屬空間，屬於自己的一座城堡，隔著透空的「小窗戶」，便能清楚的看到隔壁房間中大姐、二姐的一舉一動（其實只有「監視」到二姐，大姐已去台北上大學）。

小窗戶改變了我的一生：二姐在海清中學是校園風雲人物，她是南部七縣市演講、書法、繪畫、朗誦、作文五項冠軍，可以說是國語文比賽冠軍都由她統包。

在小窗戶裡，我學到了演講技巧，上鋪視野居高臨下、一馬平川地看到二姐對著鏡子訓練演講，她勤勞練習，我也勤勞背誦她的演講稿，內容從交通安全到保密防諜，也是她獨創特殊的開場白，成了我日後演講比賽最好的稿子，正是這一項「絕技」，奠定我此生求學就業，乃至於參與社團、人際互動的發展基礎。

當院子外觀整新全備，下一階段就是內部布置，我們不打算仿古作舊，而想要帶入新元素，於是把幾片主要牆面留給了台東

光的院子日與夜。

池上藝術家魯燕蓉的作品，她的絨毛玩具不僅頗具童趣，更厲害的是將之幻化成迷人的攝影作品，再配合「祖先」價值連城的書法真跡，造就了宜古宜今的空間，那祖先是誰呢？就是影劇《宰相劉羅鍋》中的主角原型，清朝乾隆年間的大學士劉墉[4]。

重新整建前，由於搬遷了一段時間，前院從原本花木扶疏、枝繁茂盛，成了廢墟荒原的景象，靠牆生長的巨型仙人掌無法再留下，整個靠南的小院落被我們鋪上了韓國草、種上一株近兩米的雞蛋花，前庭院還可以放上露營椅、露營床小憩，而燠熱的院子卻因為掛上了風鈴，竟「聽覺系」地不自覺降溫，清風穿堂，沒有改變的雨披，則延長到了大門，遮風避雨擋太陽。

院子的外牆一直有著灰黑斑駁、水泥漫布的歲月痕跡，殊不知小時候這面牆是小朋友的「留言版」，常常有著「○○○愛○○○」的公開告示，男女主角還會更換，我也會不禁注意一下自己是否「榜上有名」，是不是誰心中的女一。

若非得提有什麼臉紅心跳的單戀，那都是中學以後的事，小學時期若有誰膽敢「栽贓」我喜歡誰誰誰，可是會直接「冰豆」（台語：翻桌），長辮子班長的權威，是不容許這些勞什子的挑戰呀！

---

4 濃墨宰相，歷經乾隆、嘉慶帝。後來嘉慶曾說他是「劉駝子」，事實上他當時已經八十多歲了，年輕時風華正盛，完全沒有「駝」。

夕陽總是拉長著放學孩子們的身影，我們都是在緯十一路上長大的，各種不同的「街遊」，制服上總是搭配著白色鹽粒，不玩到晚餐被媽媽叫喊催促，可是一點都不想回家，這些記憶都刷印在腦海。

　　還記得書前幾章提到的「翠花綠地磚」嗎？夏季一到就是成了小龍女古墓中的「寒玉床」，直接躺上去「冰肚子」來恢復全身功力，也會直接冰箱門打開「吹冷氣」來打通任督二脈。而現在外牆刷上了防潮防水的凱恩塗料，不再有潮氣入侵，更像是多了層內功護體的安全感。

　　光，流轉得很快，從舅舅說著山東腔「泡壺茶啊！」龍井茶香飄來使人醒神，到如今手沖咖啡香，在村中恣意流盪，飄傳的是愛也是年代。就像大舅與先生都是屬牛，兔寶寶的我注定一生都被屬牛的疼愛。

　　老一代的親人紛紛離世，我們成了保護下一代的中堅分子，陽光依然偎著鄰小巷的窗戶斜照進來，塵粒細小也襯著光透映放大，一沙一世界，只要坐在那、待在院子中，腦子就像是接上了「光」的時空線，把記憶傳輸了回來，或許也像是藉著「光」，把人傳送回那個緯十一路的時代。

　　光的院子，是父親「黎熾光」的院子，也是用「光」講故事，帶你回到過去、找到自己的院子。

續章

至情至愛，
在這展開，
還說了個時代

愛神的箭射向何方？從秋海棠國土最南部啟航的父親，民國36年3月他服務的軍艦到達青島，因為工作需要與美軍相關單位聯絡，在停泊期間報名參加青島名師毛老師的英文課。

從山東諸城縣躲避日軍侵略的大家閨秀與家人一起遷往青島避難，守在家裡面挺無聊的，除了央求哥哥嫂嫂帶她去看海，其他只能看小說，盤算出門學習英文或許可以出去上班，心動不如行動（還先買了一台Brother牌的打字機），請舅舅幫她報名毛老師英文班──雖然已經報名截止了！

場景展開，這個機緣是穿著海軍服的父親，看到匆匆衝進教室插班進來的學生：大眼睛美女啊！她沒有準備教科書《驚婚記》（*Quentin Durward*）[5] 英雄救美！立刻表明他的書可以借給

---

5　《驚婚記》又譯為《昆丁‧達威爾特》、《城堡風雲》。這部小說以十五世紀法國國王路易十一反對封建割據勢力的鬥爭為歷史背景。

女同學，他與另外一位空軍同學鍾大叔，共用一本即可。（鍾大叔人真好）這個劇本是爸爸媽媽從小講給我們聽的，可是就在我查閱了所有的資料以後發現：竟然是我媽媽借書給我爸！哈哈，有種維基解密的感覺。

自從兩人在補習班相識以後，爸爸立刻展開情書的攻勢！因為年代久遠，信件的辨識度不高，需要我花點心思理出次序頭緒，爸爸給媽的六十二封信，我找到第一封是含蓄的希望進一步交朋友的信。這封是工整的毛筆字來著，因為兩人在青島是英文補習班同班同學，爸爸很有禮貌的述說「為何雖然每天見面還是要寫信給她」，老爸是廣東客家人要追青島姑娘，兩人是用英語談戀愛。

父母親的魚雁往返，記錄了大時代的動蕩，父親的軍艦怎麼跑，大陸從哪邊失守的？希望我可以更加拼湊出來：例如到了煙台（37年），八路軍三十里外是國民黨海軍！這些情書也可以做成史料了。

民國36年3月15日下午3時，在青島，父親寄出了第一封情書：

秀芬同學，每天都能見面的同學，卻需要書信來表達意思，似乎這是超乎常情的事情但為了我們學習，為了我們能交換智識起見，用書信傳達是必須的；尤其我的言語。有些字音咬得不太

正確（因為父親是廣東興寧客家人），或許有時詞不達意……「冒昧上書」，祈見諒之。

您借給我的*Quentin Durward*《驚婚記》一書，使我在學習上得到非常大的便利，這是使我十分感謝的，今後我希望能互相多借其他小說，利用時間、多多學習，在目前青年人第一需要的是增加知識。我希望我們同學間要互相勉勵，互相督促您覺得如何？……報紙廣告上面登載有好幾部外國片子，這樣對我們的練習聽音方面是有很大幫益，不知您對於電影感到興趣否？倘如您喜歡的話，我們一道去看好嗎？我最近很空，白天晚上均可。決定的是您，請回覆說明時間與地點：比方金城戲院或者換一方式遊中山公園好嗎？

最近我覺得在這二十世紀的年代，男女社交公開是大家知道的事，何況我們是同學，為了學習，諒您這麼智慧的人兒，一定不會被舊傳統思想所困擾，怕人家說閒話等，勇敢智慧的您，我盼望著您拿最大的勇氣來回答我的意見。

我誠懇坦白的盼望著您底回信，

您的同學

黎熾光謹上

三月十五日下午三時

這樣的訴說在天氣晴朗的午後，真的是含蓄浪漫得擰出水來。一直寫信到翌年求婚，中間魚雁往返六十二封情書。

超過了半世紀，母親保存得非常好，用棉線穿著，像密密的織繫著情意，自從父母親相繼離世，我就擔任起保存原件的工作，我不過是將這些書信放在台北民生社區家裡，用相機防潮箱好好保護著，每每思索這些私人信件是否可以公諸於世，因為有些私人的對談是只屬於父母的情懷（雙親均擅長以書表情，內容纏綿令人臉紅心跳）。

我在來回的信裡面找到一封好像是母親第一次回給爸爸的信，次序上可以知道他們的愛情是1947年春天萌芽的（從這封信的語氣可以看得出來是戀愛初期），同時期爸爸還寫著仿宋體。

媽媽的回覆也是在談風花雪月。民國36年還沒有確定的漫天戰火，而在以後的魚雁往返中就開始討論物價飛漲、官兵調防等真實環境的描寫。

光；永遠照著我的光

告訴你熱的夏天慢慢地爬來了，隨著這火熱的陽光，我們的感情也濃厚了。這好像梔子花的潔白可以來配襯著夏日的太陽，因為他太強烈了！

雖然有些仙境也充分可以尋出些嬌豔的玫瑰，去溫暖他，去滋養他，潔白的栀子仍然不改她的本色，也不會失去她的雅潔，陽光啊！你願意用艷麗的玫瑰採在籃裡呢？還是將潔白的栀子放置案頭呢？

　　我藉著粉綠的信箋將我原始的愛和情給你了，雖然我不明白怎樣叫愛什麼叫情，混合說就是愛情；愛情我從來沒去沾惹過，雖然我知道有敬愛而銘心，敬愛很容易，銘心則難以！

　　以在困難時要相互安慰，在工作時鼓勵，總之無論何時要互存一顆同情的心，一個關懷的心，然後此心可得而銘心；海水可以行舟也可以覆舟，其中的平險難易，要看操舟者的技術如何？難免遇到暴風雨的擊打，澎湃的浪花侵襲，如果是高明的把舵以船尾慢慢地把舟靠在岸邊平靜的倚著石柱，希望那些操舟者要很穩健的穩住他的槳，任那些狂風暴雨來臨也可高枕無憂的了

　　愛飛的燕子時時想飛向天涯，但終被那慈愛的海給留著了！但時時在他的心裡想覓一小巢來避避冬天

　　雖然她不奢望這小巢是闊大的，唯一的奢望是求得她伴侶好伴她雙飛

祝你健康
因為筆不好讓我的字太草率了
秀芬於夏熱的小屋中

看了爸爸媽媽的情書，才真正的知道什麼是「高手在民間」，媽媽描寫自己是純白的梔子花，然後最後企盼雙宿雙飛，真的字字珠璣，我根本看不到他們的車尾燈啊！

父親的船經過許多港口，每一封信的人事時地物都詳細記錄，包括當時的物價、百姓的生活、兩黨的攻防，幾經考慮，決定揭開幾封曠世對話，也為光的院子拉開真摯的愛情序幕。

有時候在信裡面我也可以看到當時父親的無奈，其中有一篇上面寫：


芬，可愛的人兒

在海上飄了四天今天又回來天津在渤海灣裡來往的巡查著，在龍口港裡發了五十幾炮又在另一個地區發了五十幾炮；嚇唬來往的帆船，需駛前來檢查

前天有一個帆船是從東北安東駛來的，男女老幼42人裝了1500口大鐵鍋，及其他…結果認為大鐵鍋的金屬器材有製造手榴彈原料的嫌疑，運往共區，因此便把鐵鍋沒收充公了1000個！現在的世界真可憐，連煮飯吃的傢伙——鐵鍋都是犯了國法，你說老百姓怎能生活呢？

母親娘家的家大業大，曾是山東諸城一方之霸；父親廣東興寧早年失怙自學從軍，追求母親自須格外上心。值得一提的是，關於國共戰爭的年代月份考證，還是我看了爸爸的情書，才整理出時間、地點，讓後代的我們懷舊念親時的情感，能依著史實更為還原。從父親給母親的信中（民國36年11月21號在煙台發出的信）明顯的說煙台的物價日益上漲，比他從青島上船時貴！因為父親的船來回都要接送許多海軍的學生還有軍人，在發信的地點說三十里外就已經是八路軍；可以看得到兩邊的戰爭打得越來越激烈，而且他也寫到如果四個人家，有一個人家去參軍的話，另外三個人家要照顧參軍的那個家庭；總之如果大家通通都不參軍的話，基本上是很難過生活了！裡面也有講到麵粉一袋是35美元

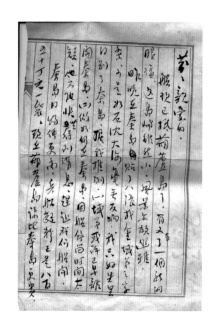

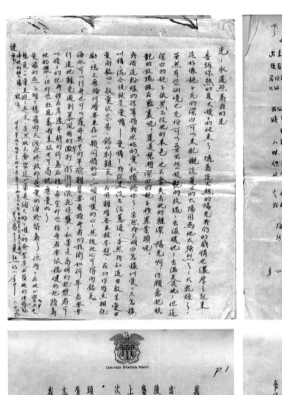
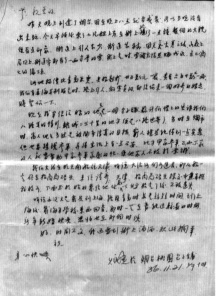

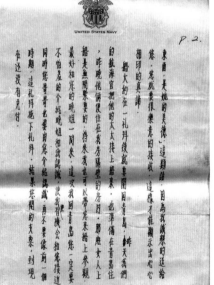

（希望我看這個字是清楚的），那可是非常的貴！信寫到民國
37年在秦皇島一袋麵粉是850萬！（民國37年8月開始金圓券的發
行，有幾封信也詳細記錄了發行金圓券以後，仍沒有辦法解決通
貨膨脹的問題。）

這些信紙經過了七十六載，多數紙張都已脆化，我重新一張
張掃描也難還原複印，信紙中間的摺痕也無法平撫、更不宜拆
開，怕是一拆棉線就要斷裂！還好字跡尚清晰可辨，成全了古物
保存，也成全了情感流淌。

母親對於青島的記憶是人生的精華，她與父親在前海公園的
戀情自然是刻骨銘心，除此以外她與兄長的感情很難得的可以互
相扶持整個人生，我曾經問過媽媽她最難忘的是哪一天？她說她
最開心的是大舅、大舅媽、二舅第一次帶她去青島海邊玩，她開
心的脫下鞋子踩在海水裡，那是她離開諸城（遭日軍占領）到了
大城市才有機會看到的大海，她是愛海愛自由的，海浪一波波帶
來她的夢想，接下來也在這個城市認識了穿著白色海軍制服的父
親，記得最快樂的那天，是海灘的一天！

略有遺憾的是，父族的家世我較不清楚，原因如書中所提，
軍艦只來得及於青島接救母親一家。民國77年大陸一開放探親，
爸爸就忙不迭地帶我回興寧老家，我怎麼形容父親的祖籍地興寧
呢？

如果沒有我們廣東興寧人，國父孫中山先生的黃花崗七十二烈士會少十幾人，這群硬頸的客家人占比相當高。此外，聽說祖父當過縣長，可惜早逝，以至於父親家境清寒，喜歡音樂的爸爸（典型雙魚座），只能自習風琴、胡琴、小提琴、口琴，終於有天發現搞音樂很難餬口，才報考當時的軍需學校。

軍需學校，就是現在的國防大學管理學院，是一所具有悠久歷史的軍事學府，民國元年3月20日成立，父親約是在民國30年左右報考，那年他二十歲，後於36年9月1日改分為「經理學校」及「財務學校」兩校，民國40年4月1日再合併為「軍需訓練學校」，43年更名為「財務經理學校」，於民國58年2月1日再更名為「陸軍財務學校」，也因為曾責財務／總務等工作，在軍艦上有自己的船艙，跟隨軍艦北上，他的工作才會與美國有關（予母親的信箋印製有UNITED STATES NAVY，詳見153頁附圖）。

若說《光的院子》一書是愛情故事，反而更原汁原味、樸質真誠，這一切本來就是從他倆展開，從牽手牽出了一條線，直線向前的光承載了歲月，讓歷史與其中的人事物被看見，所以才說——至情至愛，在這展開，還說了個時代。

| 1 | 2 | 3 | 4 |
|---|---|---|---|
| 5 | 6 | 7 | 8 |

1　左營高中校長吳立森大力支持「左營好學」，並親自帶學生造訪建業新村。

2　逢年過節，家族成員們齊聚一堂，也帶上毛小孩一起。

3　重新改建之前的舊觀，還有最傳統的大紅門。

4　是因為一直都在工作，到了2005年才去讀政大EMBA碩士，拿到碩士學位那年已43歲了，可是媽媽也是在她43歲才生我。

5　1995年9月3日公婆來老家拜訪，算是提親。
6　來應景一下眷村生活，到隔壁借麻將桌打麻將。
7　左營高中學生的「左營好學」課程，前來光的院子踏查。
8　每一年家族都會親戚大集合，到我們家玩狀元籤。

後記

**2023**年12月3號星期日，是這本書最重要的一天，就是截稿日，剛巧也是主日；我在金邊的酒店花了七個小時重新逐字逐句審閱文字稿件，希望可以出版一本讓讀者入心的散文集。

陽光從湄公河的彼岸照進來，校稿即將尾聲卻聽到有訊息提醒從iPad傳來，暫停即將竣工的書稿，先查看台灣的朋友傳來的message：侯淑姿老師在今天上午遠行了。聖靈真的是在最後一刻提醒我補上這塊不可缺的拼圖。她選在這個日子離開，還來得及讓我再次的感謝她！

侯老師對於眷村保留不遺餘力，應該說要不是她的熱情熱心，奔走論述，建業明德不會這麼順利的保留，也不會有「光的院子」，更沒有這本書的問世。

我在前一陣子寫訊息給她，她回覆：「明珍，看過初稿，非常精彩！」我知道那時淑姿已經非常不舒服了，所幸她是虔誠基督徒，相信她已經安息主懷。侯老師從2007年至2017年一直努力探訪眷村，並創作《高雄眷村三部曲》系列作品：首部曲《我們在此相遇》、二部曲《長日將盡》、三部曲《鄉關何處》。鏡頭詳實記錄了眷村采風。

謝謝淑姿老師讓大家可以更認識眷村樣貌，也啟發我的靈感，可以在波瀾壯闊的大時代中，從微小的院子家庭故事談起。

書寫出建業新村在眷改前後人與景的生活痕跡，這種既視感為已經消失的眷村種種留下最後的身影；我不想再提眷改條例之下村民與國防部展開長達十餘年的訴訟對抗，因為光的院子的再生，對照眷改末期的蒼涼哀傷，還是可以努力改變命運；縱然不會長期擁有，但相信凡經我手已留下跫音。

光的院子

留言版

## No.1　感恩的心，愛的院子

感恩節的早上，收到明珍放在家族裡的訊息，希望能寫個小文給光的院子。離開這充滿愛的院子，算算已經四十三年了。當年一個人二隻箱子去「陌地生」（UW-Madison），而今要帶著小外孫女回老家，讓她看看婆婆生長的地方，午夜夢迴，那廳堂裡人聲笑語，有母親鄉音叫著吃飯了，有榮珍妹嘻笑銀鈴般的嗓音，有舅公慈愛帥氣坐在書案前工筆繪畫，有父親在鋼琴前自由彈唱。這情這景，豈是三言二語就能描繪！

古今多少名著裡，都有個宅院，然後在風中，在樂曲裡，訴說著故事。光的院子就是一個不離不棄的愛的故事。

曾經，我夢想，寫出老家的故事。聰慧的明珍完成了這個夢。

我也曾經夢想，把老家整修得舒適宜人，感恩名設計師的妹夫子亦將老家不只是花了重金維修，更加入了創新的建築理念。可以說是老屋整建的代表作。當我踏進光的院子時，不禁熱淚盈眶。

子亦完成了我的夢想。那些在風中逝去的老人家們也會含笑稱讚。

我再夢想，祈願，可否讓這光的院子，繼續訴說著她美麗的

愛的故事，讓年輕的一代又一代能拿著書來這兒，門口拾起一顆相思豆，推開那木門，踏過五十多年的綠地磚，來到後院的木槌前，敲一個國泰民安，許一個愛的願望。

二姐　黎國珍

## *No.2*　光の院子

從小住眷村的我，一直以為眷村就是童年的那種記憶。

但第一次拜訪「光の院子」，我還是有種劉姥姥進大觀園，大開眼界的驚奇感。

座落於建業新村的「光的院子」是將官級的眷舍，是好友明珍和夫婿子亦共同打造重生的一方天地。

這方天地給我的感覺就像這對夫妻，是冰與火的交集。

明珍熱情好客，好似光の院子的寬闊空間，高雄的暖陽；

子亦冷靜細緻，就如同院子裡的一草一木一桌一椅都有故事。

走進院子聽明珍細數家珍，彷彿走進歲月，

回頭看見子亦精密地秤重測溫的手沖咖啡，

那種冰與火的交集再次湧現，

這方天地重生不易，

冰與火交集不易，

願光の院子常存，讓我們的想念總有去向。

戰國策傳播集團董事長　張美慧

## No.3

在「光的院子」，老住戶能與理想生活再續前緣，對如我一般的新朋友，則是獲得眷村文化的全新體驗。

光的院子之於我真的有如「光」的存在，滿載街區歷史歲月的榮光、浸潤主人生命經驗的時光，當然還能享受南台灣溫煦治癒的陽光。

過去對「建業新村」的理解來自於高雄市政府推動「以住代護」政策，引進民力自主協力修復眷村遺跡，保存在地文化，是台灣的首創。

我投入保存活化北投「中心新村」多年，多次借鏡高雄的經驗，期待眷村保存行動的多元型態能被吸納實踐、被複製轉譯。

甚至，我也發現政治大學在修復教職員宿舍「化南新村」時，也採用了「以住代護」的作法，讓文資修復與地方創生結合，文化資產搖身一變成為學生宿舍，創造話題更大受歡迎。

　　「光的院子」正是由北漂多年的村子原始住民，返鄉鑿刻家貌，憑己力規劃、設計、修復，每一個磚瓦的解構與堆疊都充滿對家的依戀，對幸福的想望。

　　有幸幾度參訪「光的院子」，也曾短暫入住，對於自小生活在都會、本省家庭的我，是一種莫大的文化衝擊。空間承載的不僅僅是記憶，更是深刻的文化啊！

　　「光的院子」的過去式我無緣經驗，但「光的院子」的未來式，我絕對樂意參與。

立法委員　吳思瑤Rosalia

## No.4

　　在一個同為音樂人（電台主持人高晟也是長笛演奏家）的介紹下，認識了建築文學大師李清志，在他們家宴中，居然碰到了國中同學，王子亦也是一名拔尖的設計師，最特別的是認識了子亦的太太，蘇菲·黎女士，在他整場家宴中滔滔不絕的幽默歡笑談話裡，讓每個人都開懷暢飲，因此結識了一段奇特的友情。

　　蘇菲老家在左營眷村，到今天還保留著原來的樣子，只是屋

子的樣貌已經破舊，在一個政府的以住代護案中，王子亦和蘇菲，拿下了左營眷村的標案，就在原地他們老家的那一間懷念的破舊老屋，重新利用原來的建材加上一些新的材料把它重建起來。走到門口從外面往內一看，有一種說不出來的激動，因為我自己小時候也是在眷村長大的，所以有一種莫名的認同感，他們把這個地方取名叫做「光的院子」，不論是他所照射到的陽光，或者是經過光陰的洗禮，或者是經過重新設計所呈現出來的光明面，都可以看到從以前到現在所留下來的種種細節和故事。

我也有幸能在開幕的10月10號那一天參與了表演，真的很喜歡這個地方，希望他能夠持續延續下去，作為整個左營眷村的榜樣。朋友們如果到了左營，可以慢慢地散步在眷村的巷子裡，在回憶中找到心裡面的平靜和思念。

大提琴家　范宗沛

## No.5

大部分的軍人子弟，小時候都住過眷村，在那小小的院落裡，每天都會聽到叔叔、伯伯們此起彼落的各省方言大集合。放學後回家，從巷口便一路聞著鄰居媽媽們的炒菜香味，飢腸轆轆的衝進門，希望餐桌上早已擺好了菜飯。這些只有在眷村才會出現的趣事，總是多多少少的會烙印在每一個眷村孩子的心裡，成了抹不去的童年記憶。

到了一個年紀，當驚覺青春已不再屬於自己，當看著眷村一處一處被消失，當去了某家外省麵舘點起水餃滷味的時候，腦海中便不自覺地浮現了眷村的影子，並懷念起那些年眷村生活的點點滴滴！

　　在台北已經找不到什麼保存完整的眷村了，偶爾看到還沒改建的眷村舊址，都是雜草叢生，破壁殘簷，荒蕪中看入眼底的盡是蕭瑟，令人唏噓感傷不已！

　　聽聞左營的老眷村「建業新村」，多年前由在地政府規劃，出資修建翻新，並以民宿的方式經營，提供懷念眷村的遊子們重新體驗「我在眷村的日子」。有住宿、有眷村菜、有老擺設，住個三天兩夜，就足夠你懷舊滿心，回味無窮了！

　　決定帶九十七歲的老爸爸、弟弟、妹妹還有第三代，一行八人去體驗、好好的野放這一下飄乎就三十年，早已陌生的眷村魂！

　　有別於現在居住的套房，老眷村還是保留在戶外上廁所的原貌，房客得走出房間、穿過院子、進入客廳、走廊、下個台階才有廁所可上。回想起很小的時候，因為半夜怕黑、怕鬼，寧願憋著尿到隔日早上，也不肯走這一小段烏漆麻黑，令人毛骨悚然的小路，現在看到這民宿的房型配置，彷彿也看到了當年那個那麼膽小的小女孩！

早餐、中餐、晚餐各有特色，因為是「光的院子」主人推薦，食材、料理功夫自然不在話下。倒是又想起小時候，自己端了個飯碗，從自家後門進到隔壁朱媽媽、王媽媽、劉媽媽家的廚房，毫不客氣的當成自己家，夾菜添飯全部來，媽媽們卻也很歡迎，從來沒有說過我什麼，那是多麼美好的年代，而現在早已滄海桑田，人事全非，徒增唏噓了！

晚上，村子裡還有一個老外經營的酒吧，大夥們一起喝調酒，無所不談，聊無不歡，興致高昂到午夜，仍不捨離開那個氣氛！

白天推著老爸爸坐著輪椅在操場散步，想起小時候，我在仁愛路空軍總部前的足球場邊等爸爸比賽完，坐著他的腳踏車帶我回家，何時物換星移，換成我推著他了？

「光的院子」門口有棵相思樹，我們每個人都撿了好多紅色相思豆放在自己口袋裡，摸著、默念著想念自己的家人和朋友。

還有，這眷村跟其他現有眷村最大的不同點是：國旗365天，無論晴雨天天都掛著，老爸爸看了可是激動著連腰桿都挺直了敬禮！這一幕讓所有人動

容，久久不能自己。

謝謝光的院子啟動我們的記憶寶盒，一個追本溯源的念想。

德國凱恩礦物塗料董事長　胡靜怡

## No.6

這次來到左營建業眷村。好友
Sophia從小在這裡長大，當高雄市文
化局推和TVBS「看板人物」，回我
長大的左營眷村拍攝，雖然多數的眷
村都已經改建了，只剩下幾條巷子裡
的房子沒拆，有的改成了民宿，多少
保留了眷村的樣子。推開大紅鐵門，
茂盛的芒果樹，走進屋裡，踏上熟悉
的高架木地板、日式拉門、紗窗，好
多兒時回憶。

推薦好友黎明珍夫婦精心改裝的光的院子和小崙的丈引小
院，體驗眷村的優閒。

前雅虎亞太區董事總經理　鄒開蓮

## No.7

　　一年多轉眼飛逝，去年到高雄參加金曲獎，順便逛逛高雄，對高雄的印象大為改觀。

　　光的院子是老友Sophia在左營眷村的老宅，自費改建成為左營的亮點。為了延續申請老宅使用的資質，她花的工夫真是不少，也要出書了。做為訪客，留文為念！

愛播聽書FM創辦人　李建復

## No.8

　　從小在眷村長大的記憶，都在光的院子找回了，因為光的院子的主人，更感受到眷村的溫暖與熱情！真實體驗眷村的美好！

三禾行銷總經理　張正芬

## No.9

　　光的院子……

　　起心動念者多，付諸執行者少，能堅持成事者更少，能再接

再屬者幾稀。

　　黎明珍是稀有的能人，但是有能傾全力成妻之美的老公大神
——子亦更是萬中選一。如此佳話，必須要延續光的傳遞。自費
活化左營，讓無數懷念老家的眷村子弟有一出「以住代護」的地
方新創計畫，她馬上提案標下自宅老屋，重現記憶中眷村的生
活！地陪帶著我們導覽老宅、換上旗袍、享受私廚基哥的好酒好
菜。這裡是海軍最重要的基地，自成一格的眷村文化，難怪養成
了這麼多頭角崢嶸的人物。

陳琚安　Joann Chen

## No.10

　　他與她的光的院子：先認識「他」，是在櫻花季的日本，
一位一見如故的室內設計大師；幾年後北歐旅行時結識了他的
better half「她」，令人暖心令人驚艷的她，恍如隔世就曾共遊的
她。

　　「她」與「他」共同成就的「光的院子」，彷彿是一代人共
同的回憶經營，在島之南，賦予新意涵，讓我們回到了純真年代
Renaissance of Innocence。

瑞華

## No.11

還是

讓月亮唱首歌吧　也把太陽帶回家

我們是夏天的喧嘩愛人

在南國光的院子裡

冬天只是個沉睡的童話

徐韻吟

## No.12

初始好像舊店新開讚嘆別緻風情，再細探隨熙來攘往古今故事交融……

濃妝淡抹動靜皆宜，

韻味深長的院子，

永遠留駐引人的味兒。

井幼睿　Zoe Ching

## No.13

光的院子　時空的巷子

紅牆綠蔭相思豆

街頭巷尾話家長

消失的眷村文化，不消失的人情味

趙曉蘋　Joyce Chao

## No.14

光的院子是個令人放鬆的完美空間，保留了部分原始建構，修改了整個空間的流暢度，沒想到老舊的眷村房子也可以華麗變身成這麼舒適的空間！

主人的熱誠接待是最大亮點，無論是解說空間或是敘述眷村歷史文化，都可以感受到真正的眷村味，由眷村的原住民說出的故事，感受真是不同！這應該也是眷村值得好好保留的文化價值吧！

朱克容

## No.15

Sophia Lee and Henry Wang bring back light and life to Sophia's childhood residence — 光的院子. The architectural design is a seamless integration of the old with the new, preserving memories and creating new experiences.

Sophia and Henry opened up their residence to welcome me and my family. They were the perfect hosts, taking us on a historical, cultural, and culinary journey of the military village. We enjoyed a truly unique and unforgettable experience.

Lillian Wang

## No.16

正在桃機等待飛往印尼雅加達，這班飛機搭載了淡江校友一百多人，明明的大學死黨麗心也在，我們要去參加淡江世界校友雙年會，此刻接到明的來訊，必得要寫下一些。

明明、麗心、建復、清志，眾人一致萬分稱讚她的大叔老公子亦，還有許多造訪過光的院子的朋友，總有淡江人啊，我們結緣的後花園。

左營是我高中畢業前，生活的全部。我家在另一個村子，格

局跟明明的建業新村不同。我們是那種一排排眷舍，後門對著後門，相隔一公尺多；前門對著前門，比較寬一點；大多數早期國軍眷村給人的龐大擁擠印象。

我的村子，和左營許多眷村一樣，早已改建成一大片一棟棟大樓。但我們村挺有名的，子亦就經常推薦發揚我村的幾家早餐店。

如同大家所知道、所寫下，明明將承載家族歷史故事的老家，不放棄表定快速結束的短暫機緣，在子亦無限支持和著力下，為經歷過這段歷史洪流的中老輩，為聽聞過竹籬笆外春天的村外人，打造了這個桃花源院子。

洪流終將遠去

榮光永在吾心

唏噓感懷之餘

院子之光燦爛

淡江大學董事會主任祕書　黃文智寫於2023年11月25日

## No.17

光的院子

這個院子，是我每每回高雄，都會抽空去看看的地方。

雖然我家的舊眷村（左營勵志新村）早已拆除改建了，但謝謝子亦和明珍保留了這一方天地，彷彿歲月並未走遠，磚牆矮屋，景物依舊，那兒時在眷村留下的美好記憶，在光的院子中每一個角落裡，都安置靜好。

真心希望光的院子能夠長久保存下來，那是台灣歷史洪流中，清貧自足的軍眷生活，曾經留下的美好啊！

愛飯團總經理　吳恩文

## No.18

### 光の院子

對於從小在左營眷村長大的我，要再回眷村老房子走走看看，心裡總有些疙瘩，難過的坎！

眷村改建，爸媽搬出之後，我也就再沒走進眷村，超過二十年；直到明珍&子亦的邀約，抱著應酬的心情，撞進「光の院子」，卻不小心打開一頁又一頁的眷村生活記憶！

家家戶戶朱紅色的大門；

每家大門旁只為青天白日滿地紅保留的旗座；

名家毛筆字手寫的春聯；

院子裡精選的果樹花草都有開花結果的故事（忘了有無青菜番茄？）；

外送早餐的燒餅油條鹹豆漿，像是眷村生活的標配；

午後坐在院子喝茶吃豆花，享受高雄的暖陽，嘴巴還聊豆腐腦茶葉蛋的叫賣聲；

家門口道路上賞月烤肉剝柚子吃月餅，習慣的點個蚊香驅蚊蟲；

春節過年放鞭炮，現在是去海軍運動場偷偷放（以前可是家家戶戶在門口輪流放呢）！

想來想去，總覺得好像少了一點味道，原來是少了麻將聲！

明珍，妳懂得！

台灣高鐵公司前任發言人　賈先德

## No.19

眷村，熟悉的場域，喚起兒時的記憶！

它，承載與補足了我，一長段的快樂時光。

「建業新村」，與其他左營老眷村一樣，

是同學們與家人的棲身地，也是我常造訪的地方，

一直到現在，因為離我左營家很近。


前幾年，我曾為我大義國中同班最好同學，「相聲瓦舍」主持──馮翊綱老師，《影劇六村有鬼》一書，畫了一張描述眷村內外的分布藍圖。

他也笑道，特意找我這個被他稱之為「台客」的人來畫，別有一番情境。

高中畢業後，來到台北生活至今（大學、研究所、服役、工作、結婚、創業），

總會在放假返回左營，騎著腳踏車在左營的舊部落與眷村繞一繞。

而今，即便眷村因政策而人去樓空，

但終究抹煞不了，多元文化在此曾經熱絡交流過。

一天，在台北的好友子亦哥與他的阿娜答──娘娘聚會時，

聊到娘娘的老家，就在左營「建業新村」裡，

天啊！我曾經在那裡，也畫了一些速寫作品，

是啊，現在只要放假返回左營，正巧他們也在，

總會到他們「建業新村」的「光的院子」串個門子，

也是，如同兒時，常常到眷村的同學們家裡玩耍一番。


濃厚的情感與記憶，需要時間的堆砌，

因為，那是甜甜的，也是香香的，

「光的院子」，也是如此。

建築師　許華山

## No.20

左營將軍村……

建業緯十一路上有著迷人老屋活化。

有故事和人情味的好朋友夫婦的院子。

老門柱、相思豆、紅磚牆……

Silvia Fang-ju Tai

## No.21

造訪左營光的院子，感受得到歷史、蛻變與新生。

鄭欣怡 Cindy

## No.22

　光的院子就在我兒時的家的斜對面。我在這眷村文化和日式庭院中長大。少小離家老大還，光的院子和那條巷子帶來了多少兒時歡樂的回憶啊！

余振玉

## No.23

十分榮幸，我是第一個入住光の院子的外人。

記憶猶新的是院子裡的晨光煦煦，相思樹下的紅豆粒粒。碎石地上的七顆小西瓜，夜色微醺下麻將桌變成畫框。

難以忘懷的是屋梁瓦礫的故事，舒適雋永的椅子，窗櫺窗花的光影，營火取暖的美好，穿越時光的靜謐。

光の院子，黎明亦是昕。

閨蜜　楊永方

## No.24

歷經八十年歲月的家園，經過改裝後風華再現，融合歷史軌跡，進入家門彷彿穿越時空。多次拜訪時，每一處溫馨別緻的角落都讓人不禁停下腳步，十分耐人尋味。

陳奕霖　Eileen Chen

## No.25

因為有愛，所以能擁抱滿懷的兒時記憶
因為用心，所以能沉澱當代人驛動的心

在回憶與創新之間，在科技與傳統之間，一桌一椅，一草一木，都是主人精心設計挑選的，將老屋改造成一個與現代人生活毫不違和且溫馨的窩；所有的付出投入，不為別的，只為心中對家的眷戀。

鍾宜靜　Jocelyn Chung

## No.26

在光的院子的院子

燒著營火🔥一起唱著老歌

品味光與熱的美好

藍玉婷　Linda Lan
周尹中　Jack Chow

## No.27

我雖不是眷村孩子，

但來到光的院子裡，

看到早年的生活方式，

已能感受到身為眷村孩子的幸福自由快樂成長的生活。

在光的院子有棵大大的相思樹，夜晚來臨時，光從窗櫺投射出來的時候，你會知道那就是光是家的感覺。我喜歡光的院子。

李欣愛　Vivian Lee

## No.28　王昕對於光的院子記事

無論光的院子的轉變如何的大，對我來說它永遠是阿嬤的家。

小時候，要去高雄並不是我最熱衷的旅程。要去阿嬤家代表要坐五小時的車程，而且永遠都會很熱。唯一會期待的是能夠吃到美味的食物，能見到阿嬤、公公、舅公和CoCa狗狗，還有無限的電視時間。當爸爸媽媽在忙時，在阿嬤家我都可以偷偷的用表哥的電腦看動畫，或是在「舅公想看」的名義下在客廳電視機上看電影。

媽媽一直會要拉著我出去走路，而我一向都死纏爛打的堅持待在室內看電視或是看書。後來有高鐵了！每次要搭高鐵下高雄時，媽媽都會答應在車站的書店幫我買一本書，不管是漫畫或小說。增加我想要回建業新村的動力。

阿嬤家真的是最佳讀書的地方。陽光充滿著我們的房間，我可以聽到外面大家窸窸窣窣的準備午餐晚餐，而我可以安心的坐在床上完全的沉浸到書裡的世界。

我想因為在左營眷村讀書的養分，對於我日後擁有的強大想像力有莫大的貢獻！

　　除了看電視和讀書以外，我在眷村也有一個玩伴。記得她是住在阿嬤家對面的女孩，比我小一歲，我都稱她為佩佩。當媽媽成功地把我抓出房子時，我就會去到佩佩家問要不要一起玩。

　　我們有很多能在街上玩的遊戲，我最喜歡拿著石頭刮路上的柏油路畫畫，更可以延伸成跳格子的圖，可以玩一整個下午。

　　而每逢過年期間，我和表哥們會到鄰近的鋪子買煙火回到眷村。我就會召集在眷村附近的小孩們一起來看我們放煙火，玩甩炮和仙女棒。

　　「阿嬤家前的馬路是有魔法的」這是媽媽時常跟我說的。在這條路上，表哥和大阿姨學會怎麼開車，我也學會了如何騎腳踏車。住在這條緯十一路上，媽媽和她兄弟姐妹的成績一向都非常好，表哥也特別勤奮的讀書。而且住在這棟宅院裡的人都能健康長壽，阿嬤和公公都活過九十歲，舅公非常著名的活到一百多歲，甚至我小學的寵物倉鼠都有活到三歲（倉鼠的壽命通常是兩年）。

Maybe it was the sunshine, maybe it was the hundred year old trees, there was something in the atmosphere there that brought out the best in people.

2015年的過年，我們和每年一樣的吃飯聊天，但大家都能感受到一層憂愁，知道這會是在政府收走我們家前，最後一次在這裡吃年夜飯、最後一次在這裡放煙火、最後一次在這裡和家人們重聚。還在讀中學的我拿起手機試著錄下阿嬤家的身影，希望能捕捉到它充滿人的溫度的美好。

　　現在回頭看著這些影片，是遺憾、是欣慰。我知道我們沒有辦法一直住在這老房子裡，尤其在長輩們離開後。隨著歲月的增長，阿嬤家已成為一棟快要倒塌的古老房子。搬離那棟房子是任何理性的人都會做的決定，但對於一個在它的庇護下長大的家庭，離開並不是一件容易的事。

　　時間快轉到2020年，媽媽和我分享我們將有可以回到阿嬤家的可能性。我記得當下很吃驚的，因為我們已經離開一陣子了，我也已經接受我們永遠回不去的現實。所以當我看到爸爸操刀整理出來的光的院子時，我超級感慨。走進工地時，心情半是期待，半是憂愁。這些牆承載著我從兒時到十幾歲的許多回憶。它們讓我想起家裡已經不在的長輩。我想知道他們看到自己的房子重獲現在新的樣貌會有什麼感覺。

　　疫情期間，光的院子成為了我們的庇護所。突然間，我們又回到了一個南北跑的作息。我坐在爸爸車的後座，想起小時候對回左營的反感，覺得好氣又好笑。

　　因為疫情無法回到紐約實體就學，選擇網課（不想要延畢）所以開始了日夜顛倒上網課的作息。

　　此生真的沒想到可以回到老家讀書，再次感受到「阿嬤家前的魔法馬路」，再次發現在這兒可以得到內心深處真正的平靜，這兒是給我靈感與勇氣的魔法宅院。

　　（作者特別註釋一下：光的院子第三代王昕Audrey稱呼外婆是「阿嬤」，因為我的母親說，她來台灣大半輩子，不想再用家鄉話，反而要小輩兒統一叫她「阿嬤」；而我的外婆用「老娘」稱呼，變成家族的專有名詞。）

王昕 Audrey

## No.29　老宅

又回到這個宅院，在你搬出眷村多年之後……

紅色的大門依舊，枝葉扶疏的小院仍在。恍然之間，我彷彿回到高中時期，那天你突然心血來潮帶著我回家，正當兩人興高采烈地走到大門前，方才發現大門的內鎖扣住，就在我一不留神時你竟然往大門上方攀爬。

等我定睛一看，只見你已輕巧地爬坐在大門上，然後又利索地往門內跳下，迅速解開門鎖，我進入，那時你穿著學校的制服白上衣黑裙子。

今天看到這兩扇紅色大門，腦海裡很自然地湧現那件事，這是青少女時期的往事了……但我卻仍然記得你當時的樣子，這大概是因為我很佩服你可以大咧咧地不顧他人眼光，穿著裙子攀爬房門，做了我不敢做的事吧！

這裡埋藏了許多故事……

整建前，我曾進入客廳，破敗的天花板舉目迎來，陽光從屋瓦的縫隙篩落地面，你和家人曾經在此談天嘻笑。倒塌的梁柱，阻擋前行的腳步，再往前走就是你的房間，如今牆壁剝損脫落，花形的地磚鋪著厚厚的灰塵。

此處是你的雙親從大陸來到台灣的落腳處，也是你和四個兄

姐成長茁壯的園地，更是你的父親、母親、舅舅告別人世的地方。

我已經忘了我們第一次寒暄的內容是什麼？也忘了我們什麼時候開始變成好朋友？那年剛進高中，我記得你的座號是27號，我是26號，座號相近，然而我們無論在個性或是成長背景都南轅北轍，數十個年頭過去了，我仍然無法歸納出我們成為多年好友的原因？

那時候，你常會告訴我眷村的事情。

你是一個天生的演說家，尤其當你用外省腔調再加上極富戲劇性的表情述說著村裡的一切——與鄰家的小孩在逼仄斜狹的村弄間玩耍，和意見相左的同學在村前廣場打鬧，去中正堂看電影，到海光俱樂部吃飯……我總是聽著聽著就對你居住的眷村，產生了一種嚮往之情。

你的母親煮了一手好菜，十口人都靠她撐持，無論何時回家，冰箱裡總有食物可以吃。伯父伯母在鹽埕區開了一家餐廳，你曾帶我去過幾次，我記得餐廳的名字叫「新陶芳」。

後來伯父伯母都活到九十幾歲，才先後離開這個宅院。

其實你最常提到的人是舅舅，他是一個文人，喜愛讀書寫一手好字，跟著你的父母來到台灣，然後就一直和你們生活在一起，每天讀書寫字。舅舅很疼你，你也很敬愛他，他活到一百歲

去世之前，我還見過他。

進入你的房間，環顧四周，室內的屋瓦牆壁已經破敗不堪，儘管如此，你還是記得那一磚一瓦的歷史，庭院外的老樹仍然留著童年攀爬的印痕。

那次回家，你從床下拿出國中時期就開始記錄的一堆日記，絮絮叨叨地唸了一些內容給我聽，並且告訴我，為了怕媽媽知道交往的對象是誰，就索性把那些對象的名字都用英文字母當代號，多年後你曾笑著告訴我，你竟然忘了那些英文字母到底是指誰？

凡此種種，竟如雲煙般逝去，回首前塵，點點滴滴總是令人掛懷。於是在眷改計畫被迫搬離之後，你又不惜花費許多心力租回老宅，那個捨不得離去想要抓住過往的心情，我懂，儘管世事如此滄桑斑駁，如果還有些許機會，也總想留住一些什麼吧……

就算只能擁有五年的居住權，你仍願拋擲大筆金錢與夫婿攜手重整家園，拚盡全力讓一切重現。

又回到這個宅院，在你們整建多時之後……

紅色的大門漆成深褐色，枝葉扶疏的小院點綴著生氣盎然的花草，室內空間更加明亮寬敞，時尚別緻的家具錯落其間，老宅展現了另樣風情。為了紀念父親，表達女兒的孺慕之情，「光的院子」款款成立。

當你看著煥然一新的「舊居」，我彷彿看見當年那個青春洋溢的少女，正靈動的在我眼前穿梭奔忙著。走過半世紀的宅院，如今別具氣象，往來參訪的親朋好友，更為這間「舊居」增闢了許多精彩的篇章，於是老宅又有了嶄新的意趣。

高中同學兼多年老友　蔣翔宇

## No.30

那門前綠竹已不復見，樹梢灑落在綠牆上的斑駁光影依舊，琴聲已遠。

這是我四十幾年後，重新來到我小學班長黎明珍家的門前的印象，我小時候經過這裡很多次，從未進過她家門，當年那門口的綠竹搖曳，遮蔭著這一大家人，老爺爺老奶奶關著紅門，在裡面過著清朝人的日子，她家裡年紀最小的就是黎明珍，我班長還大我一個月。

老實說，這庭院深深，著實令人羨慕，也留給我很多想像空間，這麼多兄姐可以照顧，這許多長輩的疼愛，黎明珍住這裡，總是比我家五口人擠在十幾坪大的自立新村強多了吧？

眷村拆遷了，我家被夷為平地，在那之前我家也早就搬離自立了，童年的回憶，隨著政府眷村的改建，樹倒猢猻散，逐漸消失，有時回左營也大多景物全非，故老凋零，鄉音四散……，我

曾以為雛鷹既已離巢，再築巢時也不會在原地，我算飛得遠了，總是想像天地之闊⋯⋯。

可是，事情不是這樣的，跑得越遠，好像更容易想家，我家就還是海軍體育場邊的那個小破房子，不經意經過左營時，總會在時間都緊繃的清況下，繞進眷村或四海一家，在那裡我聞得出那是老家的味道，感謝上天，黎明珍她家還在那裡。黎明珍她家和鄰近的那幾家不太一樣，不是木頭地板架高的那種日本蓋的房子，她家是沒地板的平房，聽黎班長說是之前被二戰轟炸機的炸彈炸到，房子毀了，再重蓋的。知道她要參加以住代護計畫，我立即潑她冷水，叫老同學冷靜一下，不要犯傻⋯⋯。這房子要整理會花不少錢，王子亦被妳搞瘋了吧？劈哩啪啦，條列一堆，讓班長冷靜。

沒想到黎明珍說：我就是要來住。

可憐的王子亦啊！除了申請繁雜還要南北跑？一大堆的協調和申請，最大的問題是沒有產權！這房子就算修好了，五年以後還是要釋出重標，我真的很傻眼。當年她老家的紅門綠竹，也是我童年回憶的一部分，那紅門的後面有我多年未解的想像。去年同學會後，我去班長家參觀，房子已經整理好兩年多了，看得出有些現代美學的元素加了進來，雖然不全是當年的原味，不算大的房間當時可是住了很大一家子⋯⋯。

紫色絨布衣的真相。

黎明珍和我當同學，是從白老師經營的海幼幼稚園開始，那年我們大概是五歲吧，她紮兩條小辮子，常穿著紫色的絨布衣來上學，我那時從未見過日本進口絨布的衣服，總以為她住大房子、穿絨布衣，成績很好，總是第一名，定是大官巨富人家的女兒。

後來才知道，當年大家都不容易，黎媽媽操持一大家子的辛苦啊。

民國65年，國小畢業後因為中學與大學沒有太多聯繫，再次見面是在左營海功路上，已經是1997年左右了，那時我英國唸完碩士回台就業了，她從兒時兩條辮子的班長成長為幹練的都會女郎，看起來奮鬥有成，我還是一副土鱉樣，只是講話會摻雜幾句英文，讓她產生疑惑，我引以為樂。

光的院子我是挺推薦的，是進化版的海軍眷村，屬於花了心思、不惜血本構建起來的，那裡的一草一木，有著我們這外省海軍第二代在左營的共同回憶，五十幾年過去了，倦鳥歸巢，空間中有許多故園心事，刷刷的落葉踏過，往事湧上心頭，左營的陽光耀眼，睜眼濛濛彷彿時間重新走過。

幼稚園暨小學同學　張正龍

## No.31

　　見證愛情的方式與信物有很多種，最動人的是哪一種？最真摯的情感不是巨大的鑽戒也不是豪宅，而是替心愛的另一半完成內心深處的夢想。

　　我的妖界媽媽Sophia Lee與低調卻設計功力非凡的室內設計師Henry Wang老師結縭27年，時常一同出國旅行、享受生活，能夠形影相隨的時候他們永遠是彼此最好的後盾；各自面對工作時則是各自精彩。

　　Sophia最大的心願是修繕位於高雄建業新村的兒時眷村老屋，讓家人能透過回到熟悉的宅邸重溫舊夢。

　　今天的建業新村，過往是日治時期海軍軍官級眷舍，透過高雄市政府文化局「以住代護」計畫，賦予空間更多可能性。在高樓林立的今天，有著紅磚黑瓦的低矮眷村房舍更顯珍貴，Sophia花了好大的力氣與努力才爭取到「老家」的空間。然而，最難的還不是爭取到使用權這個環節，當身為設計師的子亦老師再度推開這座半傾頹眷村建築的大門時，他才發現修繕工程可能遠超過他最初預估的一切……

　　「我第一次推開這扇大門那是27年前，來拜會這家主人，請他把女兒嫁給我。」子亦老師這麼說。起初，他自己過不去心裡

的坎，面對即將花費一筆資金修繕的空間只能被自己使用五年，就要重新爭取使用權。但就在開工後，他發現這座建築的魅力，也看見過往歷史所留下的軌跡，猶如時光機器帶他回到過往、一窺Sophia成長過程中的記憶。

如果我們曾經被泰姬瑪哈陵的故事打動，那麼更勝一籌的一定是「光的院子」誕生的故事。隨著工程進行，南北兩頭跑的子亦老師漸漸放下心中的顧慮，就在「光的院子」完工後，夫妻倆回到院子度假後，那道無形的坎也被跨越過去了……

「我想如果這一直都是Sophia的夢想，而我有這個能力、機會與資金完成她的夢想，也不是不好的事啊！而且身為城市小孩的我，也有機會體驗到眷村的魅力與退休生活的悠閒自在，畢竟住在house裡與公寓中還是非常不一樣的。」子亦老師笑著說。

在子亦老師的巧手下，光的院子成了他們邀請台北朋友體驗高雄之美的基地，也總是能在此忘卻都市的壓力與過快的步調。

數著相思樹上又掉下多少相思豆，泡上一壺手沖咖啡並且播放幾首兩人熟悉的歌曲，這是最好最優雅的約會，也是相知相守相伴相愛最真實美好的樣貌。

在活著的每一天珍惜彼此相處的時刻，遠比在所愛之人登出世間後大興土木、設計陵墓更實際！

而這回我也託兩位的福在此住了一晚，靜謐的夜晚與充滿外婆家熟悉感的空間讓我一夜好眠，實在捨不得離去！

「光的院子」裡的愛情故事 乾女兒　顧庭歡

## No.32

光的院子，不僅是北漂眷村子弟，對親族兄長的緬懷，兒時記憶的繾綣，消逝青春的挽留與顛沛時代的輕歎，更是一段又一段，發自生命基底，伴隨著遷徙與奮起的深情凝視與溫暖回望。

攝影家／華梵大學攝影與VR設計系教授　沈昭良

## No.33

光的院子女主人黎明珍是我的四十年老友／死黨／閨蜜／軍師

我們還一起看A片……

「人生中唯一的離家出走，難道是因為看見這道光？」


從小我就叛逆，高中到達頂峰

我和明明是學校社團唯二的女社長

我是音樂社，她是滔滔社（演辯社）

活躍的我們，還蠻出風頭的

算是前鎮高中裡的……風雲人物？


十七歲的青春時光，滿滿的社團活動

不但天天寫校刊，還要忙著談戀愛

我也天天寫日記，可能就是從小到大一直都在寫東西

之後就理所當然的做了copywriter

到現在，有時候我還會幫別人寫情書！


但突然有一天，爸爸偷看了我的日記……

我最愛的爸爸也是老師，他說看日記是為了想要更了解我

倔強的我很氣憤，把所有的日記本打包，全都帶去了明明的

家。


左營！

對我這個路癡來說，真是一個遙遠的地方，但我不惜辛苦地

毅然前去

這麼遙遠，帶著我所有心愛的日記本，好像要把所有的祕密
都埋藏在這裡

這個眷村平房成了我的避風港，我離家出走了

雖然

就一天。


然後，長大之後，發生了很多事

很長的時間我都住在上海，很多時間在世界各地遊走……


明明說要重新整理這個老宅子

當我踏進了光的院子，紅色大鐵門為我而開

當年美麗的地磚還在，相思樹也是歲月的存在。


當子亦說著新舊融合的建築設計

院子裡輕風吹過，手沖咖啡也芬芳滿溢

彷彿，時間停止了

此刻，我又回到了十七歲。

屬於我年少時的回憶，剎那間，成為一道最燦爛的光芒。

廣告人／創意人／策展人／美學養成者　林秉慧

# No.34

2018年的生日當天，金馬賓館重新開幕儀式中認識了明珍姐，現場我們鄭重盛裝出席，那天是都會型的相遇，對我們來說「一見如故」四個字是最佳形容詞。

接下來的明珍姐又轉換成眷村大姐，她選在國慶日為光的院子辦開幕茶會，邀請了三金配樂鬼才范宗沛大師到院子現場演奏，琴聲悠揚，大夥兒齊聲合唱著久違了的國旗，我瞬間眼淚潰堤，這裡啊！家的味道。

竹籬笆與紅磚牆，暖暖人情，

是我對眷村的印象。

明珍姐有幸從小時候到長大，這兒對她來說，承載了許多眷村故事和家的記憶。

光的院子

房子重現和重建，保留了歷史軌跡，又在創新與守舊之間，微妙的融合。

尤其那通往後院子的每一扇門窗，層層疊疊的光陰承載了家與光，和記憶的重量。

姐不遺餘力爭取眷村再造守護眷村文化、透過陽光灑滿整個屋子。

我喜歡這裡！

光的院子，有家的故事。

Queena 好意外咖啡

## No.35

光的院子…用院子的光串起時光的影，轉出大家對眷村的記憶，傳出我們對過去的回憶～

謝淑雅　Constance

*No.36*

把老家改造成簡單現代的院子是何等有意義的事

我們四對夫妻在院子享受著營火🔥唱著年輕時共同的歌曲

在有fu的院子裡浪漫的聊著聊著不想離去

好棒地方♥ 👍光的院子

魏懷雋　Mamie Wei

人與土地 50

# 光的院子
## 成長記憶中眷村的華麗與轉身

作　　者—黎明珍
照片提供—黎明珍、王子亦
攝　　影—王子亦、黃強
責任編輯—廖宜家
主　　編—謝翠鈺
行銷企劃—鄭家謙
封面設計—楊珮琪
美術編輯—張淑貞

董 事 長—趙政岷
出 版 者—時報文化出版企業股份有限公司
　　　　　108019 台北市和平西路三段 240 號 7 樓
　　　　　發行專線— (02)2306-6842
　　　　　讀者服務專線— 0800-231-705、(02)2304-7103
　　　　　讀者服務傳真— (02)2304-6858
　　　　　郵撥— 19344724 時報文化出版公司
　　　　　信箱— 10899　台北華江橋郵局第 99 信箱
時報悅讀網— http://www.readingtimes.com.tw
法律顧問—理律法律事務所 陳長文律師、李念祖律師
印　　刷—華展印刷有限公司
初版一刷— 2024 年 1 月 5 日
定　　價—新台幣 480 元
缺頁或破損的書，請寄回更換

時報文化出版公司成立於 1975 年，並於 1999 年股票上櫃公開發行，
於 2008 年脫離中時集團非屬旺中，以「尊重智慧與創意的文化事業」為信念。

光的院子：成長記憶中眷村的華麗與轉身 / 黎明
珍著 -- 初版. -- 臺北市：時報文化出版企業股份
有限公司, 2024.01
　　面；　公分. -- (人與土地；50)
　　ISBN 978-626-374-708-1 (平裝)

863.55　　　　　　　　　　　　112020618

ISBN 978-626-374-708-1
Printed in Taiwan